Como amar uma filha

HILA BLUM

COMO AMAR UMA FILHA

Tradução de Nancy Rozenchan

Copyright © Hila Blum, 2021

TÍTULO ORIGINAL
איך לאהוב את בתך

COPIDESQUE
Ilana Goldfeld

REVISÃO
Eduardo Carneiro
Mariana Oliveira

ADAPTAÇÃO DE PROJETO GRÁFICO E DIAGRAMAÇÃO
Ilustrarte Design

CIP-BRASIL. CATALOGAÇÃO NA PUBLICAÇÃO
SINDICATO NACIONAL DOS EDITORES DE LIVROS, RJ

B628c

    Blum, Hila, 1969-
       Como amar uma filha / Hila Blum ; tradução Nancy Rozenchan. - 1. ed. - Rio de Janeiro : Intrínseca, 2024.
       240 p. ; 21 cm.

       Tradução de: איך לאהוב את בתך
       ISBN 978-85-510-0938-3

       1. Romance israelense. I. Rozenchan, Nancy. II. Título.

24-93050   CDD: 892.43
                          CDU: 82-31(569.4)

Gabriela Faray Ferreira Lopes - Bibliotecária - CRB-7/6643

[2024]
Todos os direitos desta edição reservados à
Editora Intrínseca Ltda.
Av. das Américas, 500, bloco 12, sala 303
22640-904 – Barra da Tijuca
Rio de Janeiro – RJ
Tel./Fax: (21) 3206-7400
www.intrinseca.com.br

Aos meus pais, meus amados

1

Na primeira vez que vi minhas netas, eu estava do outro lado da rua, não ousei me aproximar. Nos subúrbios de Groningen, as janelas são grandes e baixas — fiquei constrangida pela facilidade com que consegui o que queria, assustada por meus olhos poderem devorá-las sem nenhum esforço. Mas eu também estava vulnerável. Se virassem um pouquinho a cabeça, elas me veriam ali.

As meninas não prestavam atenção ao que acontecia do lado de fora. Estavam totalmente absortas em si mesmas, em suas pequenas preocupações. Meninas de cabelos claros e finos, que escorrem entre os dedos como farinha. Estavam sozinhas na sala, muito ao meu alcance. Se alguém me perguntasse, eu não teria como explicar minha presença lá. Fui embora.

Esperei a escuridão cair do lado de fora e as luzes se acenderem nos quartos. Dessa vez, arrisquei me aproximar mais da casa, hesitando por alguns momentos antes de finalmente atravessar a rua. Quase bati na janela. Fiquei impressionada com a naturalidade com que todos os membros da família se moviam ali. Não era assim que eu me lembrava da minha filha, surpreendeu-me a força de sua presença. Sussurrei o nome dela, "Lea, Lea", apenas para dar sentido ao que eu via. Fiquei ali parada, não por muito tempo, apenas por alguns minutos. As filhas de Lea, Lotte e Sane, estavam sentadas à mesa de refeições e, ainda assim, não paravam de se mexer, seus contornos transformados em borrões pela luz amarela do apartamento. O marido dela, Johan, estava na cozinha, de costas para mim, ocupado com o jantar. Lea passava pelos cômodos e, com os esquadros dividindo os vidros das janelas em quatro, ela desaparecia e reaparecia em outro quarto, distorcendo a realidade como se realmente tivesse atravessado paredes. Apesar de a lareira na sala estar apagada, a mera existência dela ali emanava calor. Inspirava aconchego. Era isso. E havia livros por toda parte, até na cozinha. Parecia uma casa bondosa, tudo nela era destinado a lembrar a inocência das matérias-primas, a madeira das árvores na floresta, a lanosidade das nuvens. E, por estar observando minha filha e sua família sem o conhecimento deles, o perigo daquilo me ameaçou, a nudez de suas vidas brilhou diante dos meus olhos com uma radiação perigosa.

Uma mulher de Dublin que eu não conhecia, mas sobre quem li anos antes em um livro, ela tinha onze irmãos e irmãs e, quando cresceu e se casou, teve duas filhas. Suas meninas *nunca andaram sozinhas na rua e nunca compartilharam a mesma cama.* A mulher não contou muito sobre as filhas, mas percebi que ela queria dizer que as amava e, ao mesmo tempo, que não sabia como amá-las. E essa é a coisa, o problema do amor. Que ela tentou.

Eles saíram de férias, a esposa, o marido e as filhas, numa viagem em família. No carro, houve uma discussão boba, e a mulher espiou pelo retrovisor a filha mais velha olhando distraída para o nada. Notou que a boca da menina tinha de alguma forma *afundado no rosto* e viu, numa *predição horrível, a coisa exata que estragaria o rosto dela.* Nessas palavras. *O que pode estragar a sua beleza,* contou ela, *mais cedo ou mais tarde,* talvez *antes mesmo que a menina cresça.* E a mulher disse em seu íntimo: *tenho que mantê-la feliz.*

Quando li sobre a mulher, eu mesma já tinha uma menininha. Lea. Uma criança vigorosa, falante e barulhenta de 1 ano e meio. Aos pequeninos ouvidos dela, mas também aos grandes ouvidos do pai, eu a apelidei de buzina de neblina. Meír e eu ficamos surpresos com a nossa buzina de neblina. Eu a chamava de mais uma dezena de nomes. Sentia saudade dela em cada momento durante as horas em que trabalhava no estúdio e a abraçava forte quando nos reencontrávamos. Eu me apaixonei pela minha bebê facilmente. O pai também era apaixonado por ela; conversávamos sobre Lea todas as noites depois que ela adormecia, agradecíamos um ao outro pela menina. Eu dei a ela tudo que tinha me faltado, e muito mais. E a menina também me amava.

Tudo relacionado à bebê — a baba que escorria pelo queixo, pelo pescoço e pela abertura de suas blusas, as fraldas pesadas de urina, o pus das inflamações dos olhos e todo o conteúdo do nariz —, tudo em Lea me parecia bom. Às vezes, quando eu a observava ou a cheirava, minha boca salivava. Eu ficava tentada a cravar nela os dentes. Vou te comer, eu lhe dizia, vou te comer. Vou te devorar! E Lea ria. Eu fazia cócegas nela para ouvir mais daquelas risadas barulhentas e, se as pessoas ao nosso redor olhavam para mim, eu não sentia vergonha, pelo contrário.

Quando ela estava com 4 anos, eu quis outro bebê. Disse a Meír, imagine, duas Leas. Parece que com essas mesmas palavras eu dizia, não concorde. E ele não concordou. Por isso fiquei com raiva dele por muitos meses, até que, finalmente, o assunto foi esquecido. Meír completou 50 anos, nos mudamos para um apartamento espaçoso, chegamos a uma situação confortável de nossas carreiras, dormíamos bem à noite, acompanhamos nossa Lea de 4 anos, 5 anos, 6 anos, não nos faltava nada. E Lea cresceu.

O irmão mais novo de Meír, Yochái, que, como Meír, se tornou pai em idade mais madura, me conta sobre a filha. Quando ela tinha 7 anos, ele se divorciou da esposa. Hoje, a menina tem 8 anos, e enquanto ele a leva para a cama, lhe beija a testa e ajeita o cobertor, já sente a falta dela. Em todo momento, ela está lá e já não está mais, e ele é alguém abandonado entre quem ela fora e quem será, sempre preocupado. Conversamos em um pequeno café no centro — até a morte de Meír, nunca havíamos conversado de verdade, na minha presença Yochái era sempre contido —, e quando volto para casa, à noite, fico inquieta. Pego um livro e leio sobre uma mulher, não aquela que vive na Irlanda cujas filhas não andam sozinhas pelas ruas; outra, uma francesa, cuja filha passou dois anos na prisão durante a adolescência. Na história da filha, contada detrás das grades, ela afirma que era amada pelos pais, talvez até amada *demasiadamente*, e sua dúvida parece ser se eles algum dia gostaram dela. Deixo o livro de lado. A capa me encara por alguns longos minutos, acho que não vou continuar a lê-lo. *Quando cresci*, escreve a filha sobre a mãe, *passei a ser para ela o outro lado do muro*.

Penso na Lea de 14, 15 anos, os anos perigosos. Centenas de vezes eu a observei, milhares de vezes, e pensei: você me faz perder o fôlego. Às vezes eu dizia a ela, você é tão bonita que é de enlouquecer, e Lea revirava os olhos e endurecia o semblante, e eu sabia que, no meu olhar de amor, que não enxergava os seus defeitos, eu a decepcionava. E, mesmo assim, continuei. Não parei. Eu me recusei a aceitar o muro entre nós.

Quero escrever sobre Lea de uma só vez, tudo. Mas, puxa vida, o buraco da agulha da linguagem.

Eu gostaria de escrever sobre Lea sem palavras, o que é impossível.

Nos filmes vê-se muito isso. Uma família no carro, o pai ao volante, a mulher linda de um jeito cativantemente descuidado, duas crianças animadas atrás, todos conversando. Essa é a vida de *antes*, e algo ruim está prestes a acontecer. Bandidos na estrada. Um segredo obscuro do passado. A boca de desgosto da filha.

Embora uma vez eu tenha visto um filme escandinavo cujo caminho até a tragédia era mais sutil. Assisti três vezes, era importante para mim entender tudo. A família tinha passado um tempo em uma estação de esqui — pai, mãe, filho e filha. Os quatro eram bonitos, mas não bonitos demais, uma beleza razoável, com imperfeições físicas, mas nada que os preocupasse. E o que ocorreu com a família, o acontecimento que atingiu o envoltório da vida deles e criou uma teia de rachaduras e fraturas, foi uma avalanche que durou alguns segundos. Os quatro estavam em um restaurante na encosta de uma montanha quando a avalanche avançou na direção deles, até parar a certa distância. Depois de pularem das cadeiras para se abrigar, todos sentaram-se à mesa novamente e continuaram comendo. Mas o golpe foi fatal. O estrago estava feito, pois, no momento da avalanche, o pai se apressou em saltar da cadeira e escapar do lugar, enquanto a mãe imediatamente pulou e tentou proteger os filhos, agarrou-os e os envolveu. E disso, do conhecimento de que o marido os deixara para trás a fim de se abrigar, a jovem mulher não conseguiu se recuperar. A partir daí, ao longo do filme, com moderação escandinava, a profundidade da ruptura ficou evidente.

Eu gostaria de assistir, de vez em quando, a mais filmes sobre a vida que se encurva assim, quase por si mesma, e não a filmes sobre golpes barulhentos. Eu gostaria de ouvir sobre mais famílias como a nossa, minha, de Meír e de Lea, sobre erros que são cometidos facilmente e, ainda assim, ninguém os perdoa, os acidentes casuais — quer dizer, os crimes da vontade.

2

No primeiro ano de vida de Lea, minha mãe costumava nos visitar, nunca de mãos vazias, sempre com caixas de comida que preparava para nós ou com presentes que comprava para a neta a preços exorbitantes (ela não tirava as etiquetas). Ela se sentava no sofá com Lea nos joelhos, estalando os lábios para a bebê e balançando-a de um lado para outro, ou se sentava ao lado dela no tapete e lhe acenava com as mãos espalmadas, e, quando terminavam de brincar, minha mãe a alimentava, levava a colherzinha até a boca da menina e de imediato enxugava o queixo dela, colherzinha--enxugar repetidamente. Eu aguardava o momento em que minha mãe perderia o controle e o coração dela transbordaria. Quem podia resistir a Lea? Ela derretia a avó. Minha mãe me ajudou com todos os assuntos da bebê, assim como Meír. Todas as manhãs ele arrumava Lea para sair e às vezes também a deixava na babá, e todas as tardes eu a buscava e, até ele voltar da universidade, passávamos o tempo juntas em casa, só nós duas — ou nós três, quando minha mãe nos visitava. Então Meír entrava e voava até a bebê. Bombardeava-a com abraços, exclamações de alegria, perguntas, pedidos de beijos e mais beijos e batia o pé se não era atendido, e Lea, coberta de beijos, ria e ria. Assim que ele chegava, no máximo um ou dois minutos depois, minha mãe ia embora, a porta fechando-se atrás dela, e só me restava ficar olhando para eles, pai e filha gargalhando no sofá. Minha mãe não queria ver a cena, não sabia apreciar aquilo. E eu não sabia me divertir assim com Lea, urrar e rugir para ela, fazer esses barulhos, mas ficava fascinada, embora às vezes Meír passasse dos limites e Lea risse tanto que seus gritos soavam como o início de um choro.

Tirei infinitas fotos de Lea. A descoberta da América, o pouso na Lua, nossos filhos primogênitos. É lógico que o mundo se mantém em suspense, mas são necessários anos até que possamos olhar esses álbuns de infância e identificar os modos pelos quais o amor por nossos filhos obscurece a realidade e a corrige diante de nossos olhos. Nos primeiros dias de vida, ela era assustadoramente pálida, quase transparente, um saco de leite. Era estranha. Ainda fico descompassada diante da ousadia da expressão dela naquelas fotos, o conhecimento da própria autoestima, já desde o início. E, de alguma maneira, só tardiamente entendi isso, entendi que tinha aprendido a amar os filhos dos outros, enquanto o meu amor por Lea era o oposto de aprender: era o esquecimento de tudo.

Fora da foto, estou espremendo suco de laranja para Lea, mas na foto ela já o toma no copo de plástico rosa em goles apreensivos. E sempre que sente a acidez é um pouco engraçado. As vitaminas fluem pelo corpo dela, são absorvidas e agem, diante dos meus olhos ela se cura sem ter sequer adoecido. E durante a noite, quando dorme, sinto seu crescimento, o corpo crescendo como massa de pão (deitada na cama ela parece ilogicamente comprida). Nas raras vezes que está doente — um resfriado ou um vírus ou uma infecção —, acende-se sob a pele de Lea um outro temperamento. Ela jamais fica enfraquecida ou desfocada, pelo contrário: febre alta a torna mais tempestuosa, falando sem parar. Penso que é mania. Os olhos dela brilham, o rosto é inundado pelo rubor e a voz fica grossa e rouca. Ela me assusta. Nessas horas, entendo que não posso fazer nada por Lea, que caiu nos braços de seu destino. No entanto, sempre um dia depois, no máximo dois, tudo se acalma. Muito preocupada, minha mãe liga novamente para perguntar como ela está, seus quarenta anos como enfermeira em hospital lhe ensinaram muito sobre os caprichos do destino, febre alta em bebês a aterroriza, qualquer tipo de exagero, eu já contei. Lea está bem, eu lhe garanto. A febre diminuiu e ela adormeceu.

Na manhã seguinte, Lea está alegre de novo na cadeira alta para bebês. Pela primeira vez, compramos uma câmera digital, e então posso tirar quantas fotos dela quiser, sem preocupações. Sob certa iluminação, os olhos da minha filha saem tão azuis na foto que parecem vazios. Eu tenho olhos castanhos e o pai dela também. O azul dos olhos de nossa filha é um viajante oculto em nosso corpo, um encontro hereditário que pulou duas gerações. Minha avó materna tinha olhos azuis, assim como o avô paterno de Meír. Sob essa luz, o cabelo de Lea também sai bem claro, quase amarelo. Apago imediatamente essas imagens demoníacas e, entre as restantes, escolho a mais bonita para mostrar à minha mãe. Uma hora depois, a caminho da pré-escola, a saudável Lea quer, de novo, apertar tudo. O interruptor de luz na escadaria. O botão do elevador. O controle do carro. E a mesma coisa à tarde no caminho de volta — pressionar as teclas do caixa eletrônico, puxar as cédulas, inserir a moeda no carrinho de compras, assinar o recibo do cartão de crédito. Aos 3 anos e meio ela já sabe escrever o próprio nome, tem até uma assinatura, cheia de voltas como um laço de presente. Em casa, ela escreve *Lea, Lea, Lea, Lea* em tudo que é papel. Não quer aprender a escrever outras palavras.

Digo que o problema do amor não ressurgiu. Durante toda a gravidez, fui atormentada pelo mistério do amor, mas, no momento em que minha filha nasceu, entendi tudo. Nas longas tardes em que só nós duas estávamos em casa, eu ligava para minha mãe e dizia quanto Lea é maravilhosa. Eu insistia em falar, não a deixava mudar de assunto, não concordava em ouvir as histórias dela até que ouvisse as minhas, e encontrava maneiras de fazer isso sem que percebesse. Falei à vendedora da mercearia do fim da rua (em voz muito alta; na época minha voz nem sempre atendia à intensidade que eu almejava): o que, afinal, fiz na vida antes de minha filha nascer? Queria dizer que não me lembrava de nada, tudo foi apagado, renasci com minha menina. Não podia dizer essas coisas para a minha mãe, eu mergulharia nós duas em vergonha e ela ouviria em minhas palavras tudo que temia ouvir. Mas isso foi apaixonar-se, eu me apaixonei, queria gritar no ouvido de todos o meu amor por Lea e, ao mesmo tempo, não me importava com ninguém. Estava eufórica, deleitei-me com a invenção da minha própria maternidade. Os inumeráveis abraços, os beijos suaves, as conversas e os adoráveis arrulhos. Eu a amamentei sempre que ela quis, dia e noite. Ela adormecia e acordava conforme as necessidades que tinha. Dispensei os livros sobre bebês. Eu cheirava as meias e as calças de Lea antes de colocá-las na máquina de lavar, o cabelo oleoso, o hálito pela manhã, todos os doces fedores. Ela rastejou descalça na caixa de areia, chafurdou no pelo dos cachorros da vizinhança. Ignorei todas as restrições, as regras, e insisti em expor isso para minha mãe, o amor pela minha filha que eu inventei sozinha, completamente diferente do amor de minha mãe por mim.

Eu raramente ficava com raiva de Lea. Quero dizer que não havia raiva, nem nos primeiros anos nem depois. Às vezes me cansava dela, então eu fazia uma cara feia e levantava a voz, mas por dentro não sentia raiva. Sentia prazer. Na verdade, gostava disso também, de educá-la um pouco, dar lições a ela, ser a mãe. Em uma coisa, porém, fui firme: quando Lea, zangada, agitava os bracinhos e fustigava meus pés ou meu peito com eles, ou batia com raiva na minha cintura, eu agarrava os punhos dela e dizia: não! Você nunca pode bater na mamãe! Nem de brincadeira! E então ela explodia em choro. Depois de algumas tentativas dessas, Lea não se atreveu a bater em mim novamente. Ainda assim, fui ofendida por ela muitas vezes. Quando Lea dizia baixinho, sem ser só por provocação, mas com toda a intenção, "Saia daqui, me deixe em paz", eu não conseguia olhar para ela, lhe dava as costas por muito tempo, e então ela ficava infeliz.

3

Estou lendo em um livro sobre uma mãe que não consegue mais suportar o choro dos filhos, e mães como ela estão de repente em toda parte — nos parquinhos, nas filas do supermercado, nas ruas, nas salas de espera. Identifico-as pela respiração plana, pela voz que conta até dez antes de falar. A loucura está à espreita. No fim das contas, não são as mãos pegajosas, ou as dobrinhas úmidas e sujas, ou o interminável ciclo de alimentar, trocar fraldas e lidar com as birras maldosas diante de estranhos na rua. O que, em última análise, as subjugará é o choro.

Lea chorava de vez em quando, mas todo bebê chora às vezes. E ela sempre foi uma boa menina. Uma menina sem raiva. Ela apenas falava alto, tinha uma voz vigorosa, e, mais de uma vez, na rua ou na casa de amigos, eu a calei, constrangida. Mais baixo, Lea. E isso também não foi um problema. Constrangimento é um mecanismo simples, e Lea compreendeu. Meninas entendem essas coisas facilmente.

4

Não dormi em Groningen. Quando planejei a viagem para lá, achei que seria inapropriado passar uma noite inteira na cidade sem o conhecimento da minha filha. Achei que iria macular minhas intenções. Eu só queria vê-la com meus próprios olhos e, assim que a visse, imediatamente retornaria a Amsterdã, onde esperaria o voo de volta para Israel. Talvez eu estivesse preocupada em ficar as longas horas de escuridão em Groningen, ou não encontrei outra maneira de me convencer da minha boa-fé.

Na estação central de Groningen, embarquei no trem às 21h18 com destino a Amersfoort. Lá, eu tinha que fazer baldeação para Amsterdã. No passado, eu costumava dirigir sem medo pelas estradas europeias. Em nossas viagens à França, à Áustria, à Alemanha, à Escandinávia, Meír e eu nos revezávamos ao volante. Nós dois amávamos as curvas repentinas da estrada após as quais revelavam-se uma cordilheira ou um lago cintilante no vale e os postos de gasolina em que meninos de cara espinhenta operavam a máquina de café e o forninho de cachorro-quente, vidas inteiras que seguiam em frente após nossa partida sem que nelas deixássemos vestígios. Agora eu não confiava mais em mim. Poderia facilmente me deixar levar pelos pensamentos e pegar a saída errada ou capotar no acostamento. Decidi que era preferível o trem. Eu também esperava dormir no decorrer da viagem, mas, toda vez que fechava os olhos, me encontrava novamente diante da grande janela em Groningen. Não sabia como lidar com o drama que eu tinha desencadeado, talvez eu não tivesse entendido o que fizera.

Pensei em Meír e no que ele teria dito se soubesse. Eu sempre receava a repreensão dele, e mesmo seis anos depois de sua morte não superara isso. Esse fantasma ainda me encarava. No entanto, de repente me lembrei de uma coisa estranha na qual eu não pensava havia anos e que não saberia contar mesmo que me pedissem que contasse sobre as coisas bonitas que compartilhamos, mas agora me lembrei. Uma vez, voamos juntos para Paris, nosso primeiro voo como casal. Era inverno, e, toda vez que descíamos para as plataformas do metrô e esperávamos o trem, ele me dizia, ande um pouco, continue andando, gosto de olhar você.

Lembro-me de como ri da primeira vez, de como fiquei fascinada. "O quê?"

"Eu olho para você e penso: quem é essa garota?", disse ele. "Ela é enlouquecedora. De quem é ela? Se eu falar com ela, será que ela vai falar comigo?"
Ri muito. Que bobagem.
"Ande", implorou ele. "Ande. Para que eu olhe você. Por favor."
Só estávamos brincando, e, enquanto o trem não chegava, eu caminhava até o fim da plataforma e voltava. Uma ou duas vezes, pelo tempo que desse.

Agora, a caminho de Amersfoort, me lembrei disso, e pareceu tão estranho, tão distante da vida que tínhamos vivido juntos.

Em Amersfoort, embarquei no trem para Amsterdã. Troquei três vezes de vagão, até que finalmente me sentei em frente a uma jovem mãe e os dois filhos dela, que se calaram e olharam para mim com cautela por alguns minutos, então imergiram de volta em seu mundo. Comeram juntos fatias de maçã de dentro de um saco e conversaram entre si com vozes abafadas, muitas vezes olhando nos olhos um do outro.

Sorri para as crianças. A mãe sorriu para mim. Aos olhos dela, eu era uma mulher simpática em um vagão de trem noturno.

"Quantos anos eles têm?", enfim perguntei, e, assim que ela respondeu, acrescentei: "Fofos."

Trocamos mais algumas amenidades. Mencionei meu espanto com o grande número de passageiros apesar da hora tardia e da luz excessivamente forte no vagão, que impossibilitava dormir. Depois me calei e eles se calaram.

5

Duas semanas antes do meu trigésimo primeiro aniversário, no fim da licença-maternidade que se prolongou muito, voltei a trabalhar no estúdio de design gráfico da universidade. Nos primeiros dias, eu ainda esperava a hesitação nos olhares dos meus colegas. Os meses de gravidez deixaram na minha cabeça um sedimento vago de constrangimento e tive dificuldade em determinar o que de dentro de mim tinha vazado para fora em todos aqueles dias e quanto meu rosto revelava a luta na minha alma. Parece que tudo está bem; que as designers gráficas, o diretor, todo mundo se lembrava de quem eu tinha sido todos esses anos e atribuíram a angústia da gravidez a alguma outra força. Biológica. Hormonal. Uma coisa temporária. Fui recebida de volta com alegria. Todos queriam ver fotos de Lea e ouvir a respeito dela, e logo percebi que devia falar sobre as dificuldades. As dores e o cansaço e a saga noturna do choro e da amamentação. Não demorei a compreender o que contar e como diluir a felicidade em minhas histórias.

"É bom estar de volta", falei, "me vestir, me maquiar, ficar um pouco entre adultos".

Naquela época, Lea, de 8 meses, já ficava na creche de uma mulher de braços massudos e abarcantes que muitas vezes a pegava no colo na minha frente e a beijava e cheirava antes de entregá-la para mim, como se contra a vontade, como se para deixar evidente que não queria se despedir de minha filha. Eu não me senti completamente bem naquelas semanas. Foi a estranha época das primeiras separações. Não sabia como me preparar para isso, como sentir saudade da minha filha de um jeito sereno, não conseguia deixá-la na creche no início do dia com a certeza de que a receberia de volta depois. Saía da creche como se a tivesse esquecido lá, como se apenas a sorte pudesse expiar um erro que eu cometia repetidas vezes, todas as manhãs, por muitos dias.

"Precisamos levar você para sair uma noite dessas", disseram minhas amigas do estúdio. Todas, exceto uma, já eram mães, e a cada poucas semanas elas saíam juntas para comer e beber alguma coisa e competir umas com as outras sobre quem valorizava mais a noite livre.

"Lógico", respondi, "seria bom sair um pouco, tomar ar fresco".

Não me preocupei. Eu sabia que não teria dificuldade para escapar disso no devido tempo.

Alguns dias depois de ter voltado ao trabalho, minha mãe me convidou para jantar em um restaurante. Meír e Lea ficariam sozinhos em casa pela primeira vez. "Vá", disse Meír, "vá e divirta-se". Quando cheguei ao restaurante, minha mãe já estava me esperando, enérgica e sorridente; o nascimento de Lea fez bem a ela também. Mandei um beijo no ar, do outro lado da mesa, e me sentei. Em razão do meu aniversário, que estava próximo, ela se antecipou e me comprou um lindo casaco que sabia que eu queria, um lenço de seda e um livro. Decidi parar de enxergar os livros que ela me dava como longas cartas de seu subconsciente para mim e, nos dias que se seguiram, li o novo título de bom grado e até marquei umas frases que gostaria de reler no futuro. *Por meio das fotografias, cada família compõe uma crônica de retratos de si mesma, uma resenha portátil de imagens que indica sua uniformidade.* Agora, cada vez que eu fotografava Lea, balançando a câmera na frente da minha filha, estava deliberadamente escolhendo uma versão dentre as muitas da realidade. Só anos depois consegui me livrar dessa sensação.

6

Alinho no sofá a bolsa de fraldas de Lea, a lancheira dela e a minha bolsa. Deito-a com cuidado no tapete, tiro sua roupa e troco a fralda. Vestir Lea como eu faço é mais uma maneira de amá-la. Jeans minúsculos. Um suéter. Sempre fui avessa às cores primárias, e também mantenho Lea longe delas. Eu lhe calço as botas marrons e lhe visto um casaco azul-claro. Estamos prestes a sair de casa, entrar no carro e ir ao grande shopping na periferia da cidade, e Ora, nossa vizinha da porta em frente, vai conosco. Desde o atentado à linha 5 em Tel-Aviv, Ora se recusa a entrar nos ônibus, e, como não tem carteira de motorista e táxis são muito caros, os vizinhos do prédio a ajudam a ir aonde ela quiser.

Quando chegamos ao patamar da escada, ela já está lá, abraçando a sacola de compras, o rosto tenso. Não tem filhos e nunca terá, mas, ainda assim, parece sobrecarregada de preocupação. Desde o dia em que me tornei mãe, só me preocupo com Lea, e, se acontecer de me preocupar comigo mesma, é apenas por causa dela. Por isso, no meu íntimo, me espanto um pouco com Ora, que resguarda tanto a própria vida, mas eu a animo e digo: Ora, está tudo bem, você ficará bem, não está sozinha.

Lea não gosta da vizinha e fica indiferente a ela em nossas viagens de carro. Ora, por sua vez, não sorri para Lea nem usa aquele tom bajulador que adultos adotam com crianças. Outros adultos sorriem para Lea em toda parte, incitam-na a balbuciar, os idosos são especialmente inclinados a ter esse comportamento, até idosos na rua, que nunca nos viram na vida, nem a ela nem a mim. Com sorrisos, eles ocultam dela o principal, e eu devo acelerar o carrinho. Ora, entretanto, é diferente, jamais estenderá a mão para acariciar a cabeça da minha filha ou virará para o assento de trás a fim de lhe atrair a atenção. Ela se senta no banco do carona, ao meu lado, e chupa em silêncio uma bala que tirou da latinha que estava na bolsa, e isso é mais uma coisa pela qual lhe sou grata, porque ultimamente percebo ainda mais os ruídos. Sons de deglutição e de mastigação ao meu redor me incomodam. Principalmente de homens, sobretudo homens sozinhos nos cafés, que comem de boca aberta enquanto Lea e eu descansamos de um passeio de carrinho a uma ou duas mesas de distância. Ou de mulheres e crianças nos bancos do parquinho, farfalhando embalagens plásticas de salgadinhos e chupando gomos de laranja ruidosamente. Fixo nelas um olhar de repulsa, mas a maioria não percebe isso, nem o olhar nem a mim. Gostaria que somente Lea e eu estivéssemos no parquinho. Os ruídos de mastigação de minha filha não me incomodam e jamais me incomodarão. Mesmo quando ela crescer e se tornar uma moça, uma jovem mulher. Talvez somente uma vez, quando estiver com 14 anos, sentada na sala com uma amiga, comendo de um gigantesco balde de pipoca diante de uma comédia boba na televisão, mastigando ruidosamente e gargalhando de um jeito incontrolável. Mas esses serão os anos difíceis, incomuns.

    Em determinado momento, Ora se tranquilizou. Talvez a ansiedade se transforme em hábito, e talvez a dependência dos vizinhos a incomode ainda mais do que os medos de atentados. Ela não pede mais que a levemos de carona.

No verão seguinte, ficamos uma semana em um pequeno vilarejo na Alemanha, um destino de férias, Meír, Lea e eu. Ao norte dali, estende-se um enorme campo de trailers, entre as árvores do bosque centenas deles estão estacionados em uma organização exemplar, seguindo um antigo conhecimento europeu de encontrar privacidade na ausência de privacidade — homogêneos e, ao mesmo tempo, distanciados um do outro e totalmente silenciosos, é difícil acreditar em quão quieto é lá. À noite, nós três andamos no mundo dos trailers e olhamos os poucos detalhes de identidade que estão expostos: os capachos coloridos, os toldos, os varais sobre os quais lençóis e toalhas esvoaçam, aqui e ali um maiô, nunca calcinhas nem sutiãs. Na terra dos trailers, ninguém impõe ao vizinho a nudez de qualquer tipo, e achamos que poderíamos nos encaixar nisso, que saberíamos ser europeus; entendemos as regras, principalmente Lea, que caminha com uma compreensão natural do mundo e que facilmente o assimila. Os moradores do acampamento são, na maioria, casais maduros muito bronzeados, quase cor de laranja. Alguns são hippies idosos, mas outros são locais, trabalhadores aposentados que estão sentados em cadeiras dobráveis à porta de seus trailers, às vezes com um cachorro velho aos pés, uma pequena mesa entre eles com uma vela acesa ou uma luminária de leitura e uma latinha de cerveja ou um pedaço de fruta, observando em silêncio o anoitecer ou lendo um livro ou conversando aos sussurros, na moderação de pessoas que já contaram umas às outras suas grandes histórias anos atrás e não têm mais lacunas para preencher. Ninguém ouve música, ninguém toca instrumentos, ninguém se mexe rápido demais, nem mesmo os membros de famílias mais jovens que foram com os filhos — um ou dois, nunca três ou quatro — e no momento estão em meio às rotinas noturnas dos jantares e da árdua jornada de pegar no sono. Quase não ouvimos as reprimendas dos pais ou as reclamações dos filhos, também não sentimos cheiro de nada, nem de omeletes nem de salsichas — aromas de comida não invadem o exterior, tudo é feito no interior dos trailers. Na verdade, nem vemos as crianças, apenas ouvimos a fala fina e mais rápida de vez em quando, e certa vez nos arredores do acampamento ouve-se o som de choro e uma menina aparece por um momento à porta de um dos trailers, um clarão de lycra rosa e cabelo comprido, em um movimento como o das danças das meninas que preenchem as horas do dia na praia próxima e me confundem, e de repente é ouvido o grito — um único grito, excepcional, hipnotizante — "*Lia, komm hier, Lia!*". E a garota é engolida de novo pelo trailer. Ela continua a chorar, dessa vez em um gemido mais alto que é comprovadamente destinado aos nossos ouvidos. Eu alcanço Lea ao mesmo tempo que Meír lhe estende a mão, e nós três nos afastamos rápido, de mãos dadas, imunes na nossa unidade. Nos dois dias que restam até nosso retorno a Israel, tem-se a impressão de que o nosso amor se fortaleceu ainda mais, que percebemos a magnitude de nossa sorte.

7

Anos atrás, antes que eu pudesse imaginar Meír e Lea (não sei o que sabia e o que entendia naqueles tempos), li uma cena num livro na qual uma mulher canadense de uns 70 ou 80 anos, que ficara viúva havia pouco tempo e se encontrava gravemente doente em casa, no sul do Canadá, toma um copo de chá com Elaine, a filha mais velha. No começo, ficam todas lá na casa da avó — a mulher, a filha Elaine e as filhas de Elaine, as netas, que foram fazer uma visita de alguns dias durante as férias de verão. Por fim, as netas vão embora e Elaine fica com a mãe doente, para arrumar um pouco as coisas e cozinhar para ela. E então mãe e filha estão sentadas juntas na cozinha, tomando chá, quando de repente a mãe toca no assunto, um assunto tão antigo, toda aquela coisa esquecida amontoada em tão poucas palavras: *Você passou maus bocados com aquelas garotas.* É só o que ela diz a princípio. E quando Elaine pergunta de *que garotas* a mãe está falando, ela menciona o nome delas, garotas da turma de Elaine no colégio, tantos anos atrás. Ela menciona os nomes e, *com uma pitada de astúcia*, olha para a filha, *como se a analisasse*. O silêncio delas ao redor da mesa se estende por um longo tempo. A mãe acredita que quem esteve por trás do sofrimento de Elaine todos esses anos foi Grace, não Cordélia; que Grace foi a instigadora. Quarenta anos se passaram desde então, tudo isso parece ter acontecido em tempos imemoriais para Elaine, tudo de que ela se lembra daqueles anos ela também esqueceu, esqueceu por completo, mas quando a mãe fala sobre *aquele dia* e se apressa a declarar que não acreditou quando as garotas disseram que Elaine teria que ficar em detenção na escola depois da aula, Elaine tenta entender.

"*Que dia?*", pergunta ela à mãe *com cuidado*.

"*No dia em que você quase congelou.*"

"*Ah, sim*", diz Elaine. Para o bem da mãe, Elaine *finge* que sabe sobre *o que ela está falando*.

O que ela quer de mim é perdão, pensa ela, mas pelo quê?

No resort em que ficamos, perto do enorme campo de trailers, de vez em quando eu ficava com a impressão de que ouvia hebraico, mas, toda vez que parava para escutar, descobria estar enganada. Era outro idioma, eu não sabia qual, as férias e a distância de casa me deixavam confusa. Também na praia próxima, as garotas, em seus maiôs brilhantes e de cabelos esvoaçantes, pareciam ter a mesma idade, eu não sabia discernir entre as meninas de 4 e as de 8, as cores e o idioma borravam as definições de tudo. E havia o silêncio por toda parte, na piscina, nos restaurantes da praia, nas barracas de lembrancinhas que não lembravam nada a não ser umas às outras, todas repletas de bonecas de tricô, bijuterias de conchas e madeira, toalhas de praia e brinquedos de plástico barato.

Em nossa primeira noite lá, depois de tomar banho, Lea correu empolgada pelo quarto. Ela bateu ruidosamente nas paredes como uma mariposa presa em um abajur e me deixou exausta. Todos os preparativos, o voo, a viagem até ali... Eu queria dormir. Segurei-a nos braços para que ela pudesse relaxar um pouco, beijei-a no pescoço e cantei para ela, que chorou baixinho por alguns minutos até adormecer. Então, depois da noite difícil, nós três mergulhamos em uma rotina descontraída de férias. Jogamos toda aquela semana. Lego, quebra-cabeças, jogos da memória. Meír e eu entendemos como nos sentar em círculo no chão tinha o poder de criar laços na nossa família. Não era como uma segunda infância, mas também não nos entediamos, nos divertimos ao elaborar o drama, despertar o interesse de nossa filha, venha, vamos ver... onde está... aqui... ótimo... e persistimos nisso pelo tempo que ela quis. Não me diverti com os jogos em si — talvez apenas quando vestíamos e penteávamos bonecas, as sentávamos para comer com pequenos pratos de plástico e as colocávamos para dormir em caixas —, mas Lea estava radiante de prazer, e, mesmo quando cresceu, Meír e ela continuaram, eles jogavam damas, xadrez e gamão e competiam entre si com entusiasmo inesgotável. Naqueles anos, eu já não jogava mais com eles, já não conseguia mais reunir interesse naquilo só em nome da diversão deles, mas em viagens longas, quando nós três estávamos no carro e tínhamos muitos quilômetros pela frente, eu ainda concordava em brincar de novo e às vezes era até eu mesma quem sugeria. Em jogos de palavras e curiosidades, quase sempre eu ganhava, era mais rápida de raciocínio do que eles e na minha mente havia um dicionário enorme no qual podia localizar qualquer coisa com a maior facilidade, mas a imaginação deles era mais ágil do que a minha e eles se entendiam mais rápido.

Naquela semana, no quartinho impecavelmente limpo do resort, já estávamos prestes a recolher o jogo da memória e sair para jantar, mas Lea implorou-nos, só mais uma vez, a última e chega. Viramos os cartões de novo e os embaralhamos.

"Quem começa?"

"Eu!", respondeu Lea, gritando: "Eu!"

Jogamos essas cartas centenas de vezes, muitas delas já estavam marcadas e manchadas. Eu mesma sabia identificar três pares pelo verso, e Lea sabia muito mais. Considerávamos isso parte das regras.

"Vamos", falei.

Até ser desclassificada, Lea pegou quatro pares seguidos. Eu peguei dois. Meír foi desclassificado logo de cara.

"É a sua vez", falei para ela.

Ela me olhou por um momento e, depois, para as cartas.

"Bem", disse Meír, "estou com fome".

Lea já havia começado a pegar a carta que havia escolhido, depois anunciou que havia se arrependido e escolheria outra.

"Mas você já viu a carta", argumentei, "não é justo".

"Eu não vi", disse Lea.

"Lêike", revoltei-me, "sério...".

"Ela disse que não viu", defendeu-a Meír.

"Mas...", comecei, porém Meír me calou, e cedi: "Bem, tudo bem."

Lea pegou uma nova carta, e outra, e colocou o par na pilha de duplas. Revirei os olhos. Quando jogava, eu sempre queria ganhar. Ela estendeu a mão para a carta seguinte.

"Léale", disse Meír a ela calmamente, "você sabe o que é mais importante do que vencer".

Eu o encarei. Fiquei horrorizada. E então ele apenas olhou para mim e declarou: "Ela sabe que, mais importante do que ganhar, é dizer a verdade."

Lea pegou mais duas cartas, um novo par, mas o lábio inferior dela estremeceu, a cabeça pendeu para a frente e ela murmurou: "Eu não quero jogar."

Como eu poderia suportar isso? Não pude.

"Meu amor", eu me inclinei para ela. "Não chore..."

"Eu vi a carta", admitiu ela entre soluços, "eu disse que não vi, mas eu vi...".

Fiquei sem saber o que fazer. Eu queria desfazer tudo, voltar atrás. Voltar atrás.

"Está tudo bem", disse Meír, "todos cometemos erros. Continue, Léale".

Mas ela se deitou em cima das cartas. Não pudemos continuar. Saímos para jantar.

Como eu já disse, li a história da canadense Elaine anos antes de Lea, antes de ela nascer, e, quanto a desastres, naquela época eu só podia pensar no que conhecia como meu passado até então. Assim, refleti que, se minha mãe alguma vez perguntasse sobre os dias congelantes na minha vida, eu teria que lhe oferecer a exata mesma reação de Elaine. *Ah, sim*. Dizer, *Ah, sim*, e não me lembrar em absoluto do que eu deveria desculpá-la.

O tal livro já recebeu uma nova tradução e, em homenagem a ela, foi feita uma nova capa. Comprei também essa tradução — ela havia sido tão elogiada que tive que adquiri-la —, mas não consegui ler, incomodaram-me as mudanças das notas e as trocas de escalas, os novos dedilhados. Quando uma amiga esteve procurando um livro para levar numa viagem, eu o enfiei nas mãos dela e pronto. Contudo, de vez em quando ainda folheio o velho exemplar da minha juventude. Na primeira página, no alto, com um lápis que não desbotou nada, está escrito "Pertence a Yoela Linden". Eu fazia isso antigamente, escrevia meu nome nas coisas e anunciava o que me pertencia. Que piada.

Li — e não faz muito tempo, anos depois da mulher canadense, décadas mais tarde — sobre uma mulher que cresceu em condições de extrema pobreza em uma cidade rural chamada Amgash, em Illinois, e que, adulta, se mudou para Nova York, onde se deu bem. Em Nova York, certa vez ela estava no metrô e desembarcou para não ter que ouvir *um menino chorando em um desespero profundo sem igual*. Esse choro, inigualavelmente transtornado, um dos sons mais verdadeiros que uma criança produz, disse ela, era insuportável aos seus ouvidos, e a obrigou a sair do vagão. Quando li isso, fiquei com lágrimas nos olhos. No entanto, se estivesse escrito que ela saiu do vagão por causa de uma menina chorando num desespero profundo sem igual, eu teria abandonado o livro naquele momento. Não continuaria a lê-lo.

8

Cheguei ao hotel em Amsterdã depois da meia-noite. Esperei até de manhã e liguei do celular para Lea. Ela atendeu imediatamente — nem sempre isso acontece, sou obrigada a esperar muitos toques e me aborrecer com sua indecisão. Conversamos um pouco. Tentei falar o mínimo possível, fui muito cuidadosa desde que a segui. Eu disse a ela, foi um bom feriado, Art cozinhou, convidamos a filha dele junto com a família, ele ficará muito feliz em te conhecer quando você voltar. Ela me contou um pouco sobre uma infecção aguda no ouvido que havia tratado com a ajuda de um homeopata local. Nós nos especializamos em encontrar conforto em nossas conversas descomplicadas, as lâmpadas leves que tínhamos erguido cuidadosamente com as mãos e foram capazes de nos iluminar por alguns minutos, sozinhas, sem eletricidade ou conexão, só graças à força de nossa vontade.

Também liguei para Art, que se preocupava comigo. Estou bem, vou contar tudo quando voltar. Tomei um banho demorado. Eu gostava de me olhar no espelho do banheiro, na luz rosada que emprestava uma espécie de verniz ao reflexo e a qual repousou como uma aura na minha cabeça e devolveu o brilho ao meu cabelo. Li a respeito disso, estão instalando esse tipo também nos supermercados, uma iluminação que privilegia os itens da padaria. Depois voltei a dormir por algumas horas e, quando acordei, me vesti e fui para a rua. Estava procurando um lugar para comer, caminhei um pouco. A história fazia-se mais presente nos materiais permeáveis à luz: na água dos canais, nos vidros enormes das janelas das casas, e a leve neblina que se movia sobre a cidade acrescia-lhe serenidade. Antes de eu vir para cá, Art me contou sobre os pôlderes, sobre a construção de casas no solo macio onde antes havia mar. Caminhando entre os canais, é fácil esquecer que eles não existem apenas pela beleza que ostentam, mas que tudo ao redor luta incessantemente com a água. As enormes janelas também são uma ilusão, disse-me Art. Conforme expõem as casas a estranhos, mas também os distanciam, é bem evidente quem está de qual lado do vidro, o transparente é uma miragem, é impenetrável. Eu já estive em Amsterdã uma vez, há anos, mas na época a entendi de modo diferente. A cidade *era* diferente, Lea e eu passeamos por ela juntas e tudo que havia ali e tinha acontecido nela nos afetou igualmente. Agora, caminhei até o sol começar a se pôr e a cidade se isolou. Desisti de comer fora. Em uma pequena mercearia, comprei um pacote de biscoitos, queijo e algumas frutas, e passei o tempo que restava até o voo de volta naquele quarto de hotel, em repouso absoluto.

Só mais tarde, no avião, a caminho de casa, pensei que se minha filha tivesse se machucado um pouco mais, se a vida a tivesse rejeitado, eu poderia ter cuidado dela. Eu a teria confortado em meus braços, eu entenderia exatamente o que era necessário e não entraria em pânico, lhe acariciaria o rosto e a acalmaria e pentearia o seu cabelo e abriria e fecharia as cortinas de seu quarto todas as manhãs e todas as noites. E pensei que poderia me satisfazer com isso, desejar que ela cambaleasse, desse apenas mais um passo em direção ao abismo da alma, e pensei, bem, veja só, aí está. Você foi pega.

Então me concentrei em minhas netinhas, foi nelas que pensei, e me perguntei se eu conhecia os livros que elas amam, e se, quando os pais os leem para elas, as meninas sentem que foram escritos para elas, que expressam os sentimentos que habitam o coração delas e as palavras dão vida aos seus segredos. Durante toda a minha infância, encontrei refúgio nos livros, e Lea também, até que ela parou de ler de vez, um dia se cansou de livros e histórias e passou a se interessar apenas por música, horas e horas de música nos fones de ouvido, sem uma palavra sequer; fechou-se aos demais sentidos e os desertou. Agora fiquei preocupada que eu estivesse exagerando de novo por pensar demais nas netas, repetindo meus erros. Adormeci, caí no sono fragmentado de quando se está voando e, quando acordei, pensei, isso não é verdade, nunca estive totalmente doente, sempre entendi o que estava acontecendo ao meu redor, sempre me contive a tempo, e se eu passava dos limites, se eu me apoiava na minha filha, só o fazia quando sabia que ela podia suportar aquilo. O comandante anunciou pelo alto-falante que tinham sido iniciados os preparativos para o pouso. Voltei a me sentir ponderada, e também senti que tinha sido injustiçada.

9

Alguns dias depois de eu voltar da Holanda, Yochái me ligou. Desde a morte de Meír, ele passou a me telefonar de vez em quando, e nós nos encontrávamos para um café ou um lanche. Era evidente que, para ele, eu havia me tornado mais do que tinha sido antes; que Meír, que em vida nos separava, passou a ser quem nos conectava. Nós nos encontramos naquela mesma noite. Eu lhe contei sobre Lea, por onde ela estava viajando no Oriente, a inflamação de ouvido, o médico tibetano local. Ele me contou sobre a filha, que recentemente tinha começado a preferir a casa dele à da mãe. "Ela me liga chorando", disse ele. "É horrível." Eu me assustei. "Danit liga para você chorando?", perguntei. "Não, não Danit, Ruth. Ruthi liga. Danit a tortura. Nada do que Ruthi faz é bom o suficiente para ela, parece que tudo que Ruth faz já está fadado ao fracasso." E ele parou por um momento. "Ela pediu que eu tentasse falar com Danit", contou, "para reconciliá-las".

Sorri para ele. O divórcio de Ruth foi desafortunado. Agora ela está se esforçando para conquistar a simpatia dele, precisa de ajuda, mas durante o casamento ela tinha sido muito desagradável.

"Você é um homem bom, Yochái", elogiei-o, e de repente ele se endireitou na cadeira e declarou: "Sempre achei você uma mãe maravilhosa." E isso me surpreendeu muito. Até a morte de Meír, eu achava que ele vivia zangado comigo, toda vez que nos víamos parecia-me que ele se continha para não me dirigir palavras duras, que estavam na ponta da língua esperando para serem ditas.

Como se para recompensá-lo, respondi: "Você também, Yochái, você é um ótimo pai."
Quando cheguei em casa, Art já estava dormindo. Fiquei surpresa por ele não ter me esperado, e então lembrei-me de que tinha se levantado de manhã muito resfriado. Apaguei o abajur da mesinha e a escuridão no quarto acendeu as luzes boreais da casa, luzes acidentais, vindas de trás e de baixo das coisas, a distância, como num museu. O mundo azul galáctico na tela do computador. Os LEDs do ar-condicionado que piscavam. A claridade do poste da rua passando pela veneziana e estampando os sofás. Do apartamento de cima, vinha o zumbido da televisão, mas em casa eu estava como em uma piscina sem fundo e sem água, vivendo em zero atrito ou resistência, e podia afundar incessantemente sem encontrar um fundo ou ficar sem ar.

No dia seguinte, decidi que tinha agido bem ao não contar a Yochái sobre Lea. Ele não sabia que eu a encontrei. Afinal, ela desapareceu para todos nós, essa foi a intenção dela, todos fomos abandonados, inclusive Yochái. Eu me acalmei. Decidi não me atormentar mais me perguntando o que ela tinha feito com as amigas de outrora e se ela as havia tratado de modo diferente do que a nós; eu queria me livrar da vergonha e, caso esbarrasse com alguma dessas amigas e visse nos olhos delas que sempre souberam onde Lea estava, eu seria atravessada por um raio, mas continuaria a andar.

Pela primeira vez em muito tempo, me senti bem. Trabalhei duro o dia todo e, quando voltei para casa, fiz peixe no forno para Art e para mim. Eu me maquiei, acendi velas, esperei por Art sentada no sofá. Decidi não me preocupar mais com os sinais. E daí que foi apenas por acaso que descobri os rastros dela? Que foi somente por acaso que ela foi vista com as filhas longe dos lugares nos quais ela alegou ter estado todos esses anos? Que foi só por acaso que consegui localizar o endereço dela, a casa e toda a nova vida? Para mim, não importava se ela tinha decidido ir embora ou se afastado de mim até que se tornasse mais fácil continuar deixando-se levar até a margem oposta. Não me importava mais se ela temia a possibilidade de ser exposta ou se ansiava por isso, se ela esperava que eu a localizasse, que eu insistisse em ser sua mãe. E pensei: eu não ficaria quieta, eu iria encontrá-la de qualquer maneira. E me lembrei de que, muitas vezes, na juventude dela, quando falei com Lea, eu ficava emocionada e com lágrimas nos olhos por qualquer coisa, tudo, e que ela era gentil quanto a isso. Ela desviava o olhar. Outras vezes, quando víamos juntas um filme bobo na televisão ou se ela lia para mim algo de um jornal ou um site ou qualquer coisa que ela quisesse, me dizia: "Você está chorando? Você está chorando, não chore." Eu revirava os olhos e dizia: "Quem está chorando, boba? Besteira."

Uma hora depois, finalmente me levantei do sofá, apaguei as velas e tirei a maquiagem. Quando Art chegou, nos sentamos para comer. Ele se maravilhou com o peixe, achou-o excepcional.

10

Lea já estava com 4 anos quando a moça do serviço de informação perinatal me ligou de repente. Eu tinha recorrido a ele nos momentos difíceis, e a equipe me orientou quanto a quais remédios tomar, o que era permitido e o que não era e me explicou os riscos dos medicamentos. Eu não imaginava que eles ligariam alguns anos depois, mas reconheci a importância disso e fiquei feliz em ajudar. "Apenas algumas perguntas breves, se a senhora permitir", disse a moça, "para acompanhamento". Alguns minutos antes eu estava deitada no gramado do *campus*. Era meio-dia, coloquei a bolsa como travesseiro debaixo da cabeça, pretendia tirar uma soneca antes de retornar ao estúdio. Era verão e fazia calor. O sol brilhava forte no céu e também na minha vida. Fui responsável pelo design de um catálogo complexo para um congresso internacional que me rendeu elogios, os professores gostavam de trabalhar comigo, eu era criativa e meticulosa. Ao telefone, falei alegremente para a moça do serviço: respondo com prazer, e pode anotar, vocês deveriam recomendar a todas uma gravidez como a minha, se visse que menina eu tive, você entenderia. A jovem riu, embora de maneira não muito sincera. Notei hesitação na voz dela, era óbvio que estava se perguntando se era senso de humor ou sintoma da condição que me fez sofrer tanto antes. Ela fez algumas perguntas cujas respostas só poderiam ser sim ou não, e eu respondi. Não havia perguntas de resposta aberta, o que lamentei, pois queria me aprofundar. Eu queria que ela soubesse como me sinto bem desde que minha filha nasceu, nunca me senti melhor, a menina resolveu tudo. Quando terminou a ligação, eu já tinha desistido da soneca na grama. O cheiro muito vívido de gramados desperta uma alegria tão incontrolável que se torna solidão. Eu me perguntei se deveria ter mencionado à moça as manchas brancas nos dentes de Lea. Uma vez li a respeito disso, essas manchas podem ser resultado do uso de medicamentos pela mãe durante a gravidez. O estranho era que, em geral, à distância que a maioria das pessoas olhava para Lea, eram as manchas que faziam os dentes dela parecerem tão brancos. O assunto me incomodava. Por fim me levantei e voltei para o estúdio, mas fiquei inquieta durante todo o dia.

O psiquiatra que havia me acompanhado no passado também me acompanhou durante os meses de gravidez e disse que é impossível saber — o parto pode levar a um grande alívio ou a um agravamento catatônico. O dr. Schonfeler não era o tipo de psiquiatra que mimava os pacientes com uma visão otimista. Ele recorria impiedosamente aos números e às porcentagens, mas tinha uma espécie de senso de humor, defendia o absurdo, e isso ajudava. Se eu comentasse que minha pulsação estava batendo bem nos ouvidos, na ponta dos dedos e na língua, em uma velocidade impossível, ele retrucaria, tudo bem, contanto que você não acorde no meio da noite encharcada de suor porque alguém lhe roubou uma batida. Se eu contasse a ele sobre os medos que sentia acordada, ao longo do dia, que talvez eu estivesse passando por portas fechadas, ou carregando coisas comigo sem nem perceber, ou as espalhando por toda parte, ele dizia, isso me lembra que eu vi um elefante na vizinhança anteontem à noite, pouco depois de você ir embora, e me perguntei mesmo quem o tinha botado ali. Nada disso me fazia rir, eu não conseguia rir, a gravidez que eu tanto esperara invadiu-me com violência, o que crescia em mim estava mais perto de mim do que eu mesma, estava de fato dentro de mim e, ainda assim, me era desconhecida em todos os aspectos. Mas o humor me tranquilizava. O dr. Schonfeler não parecia preocupado com tudo que eu dizia, e, com o tempo, comecei a confiar na certeza de que eu não seria capaz de desestabilizá-lo. Depois que Lea nasceu, esqueci tudo. A gravidez, o parto, todo o antes. Tornar-me mãe se expressou em apagar tudo que havia vindo anteriormente. Não me lembrava do que tinha planejado, do que esperava e o que temia; passei a não ter mais medo de nada, não hesitar nem me preocupar. Talvez eu estivesse um pouco apreensiva em deixar o hospital. Minha filha e eu estávamos numa ilha de serenidade protegida por enfermeiras que entendiam tudo sobre a minha condição. Eu relatei que estava com dor e imediatamente elas souberam como doía. Eu disse que estava quente e imediatamente elas souberam quão quente estava. Eu estava com medo de que minha filha estivesse muito pálida, e elas disseram que ela estava completamente bem. Elas sabiam e entendiam tudo sobre a fadiga. Eu queria que ficássemos lá cada vez mais. Apesar disso, quando por fim chegamos em casa, quatro dias depois que ela nasceu, não me arrependi. A ilha veio conosco. Demorou ainda muito tempo até que os pensamentos, os entendimentos, as conexões que minha mente amarrara às minhas costas voltassem devagar. Comecei a me lembrar.

"Como você descreveria o apetite dela?", perguntou a moça do serviço de informação perinatal. "Ela é uma criança ativa?" "Ela chora muito?" "Como ela dorme?"

"Quieta como um saco de arroz", respondi.

A moça riu novamente. Parece que com isso acabamos.

"Eu lhe agradeço pelo tempo."

"Eu que lhe agradeço."

"Tudo de bom."
"Para você também."

★ ★ ★

Quando estava com 1 ano, Lea começou a chorar muito à noite. Éramos pais de primeira viagem, queríamos cometer nossos próprios erros, ficamos tentados a deixá-la dormir conosco uma e duas vezes, até que aquilo nos contagiou e, basicamente, nós a seduzimos. Se tentássemos deitá-la em sua cama, ao lado da nossa, dizíamos a ela com nosso toque, nossas respirações, nossos pensamentos para não concordar, para não ceder, e finalmente a pegávamos de lá e a colocávamos entre nós, e então ela adormecia na hora. Ela já estava com 3 anos e 3 meses quando finalmente arrumei o quarto que a esperava, estendi os lençóis novos que comprei e lavei e disse a ela, esta noite você vai dormir aqui. Mais do que isso não foi necessário. Apenas os primeiros dias na escolinha municipal foram duros e amargos. Soluços de perder a voz e greves de fome. Quando cheguei para pegá-la no quarto dia, ela ainda estava dormindo. Ela está dormindo já há duas horas, disse a professora, tinha se cansado muito. Eu estava feliz. Ela está calma, pensei, ela aceita o novo ambiente. Eu disse à professora, não a acorde, não estou com pressa, vou esperar. Sentei-me ao lado da minha filha no colchão e assim passou-se mais uma hora. Por fim, eu a acariciei, e ela acordou e se derreteu em meus braços. Foi só no meio da noite, de repente, que fiquei chocada ao me dar conta de que havia confundido tudo, que o sono prolongado da minha filha, o sono infinitamente pesado, era tudo menos tranquilo. Houve uma fuga da realidade. Contudo, até a manhã, eu deixei de lado o terror da maternidade. Quando chegamos ao jardim de infância no dia seguinte, não me demorei, me despedi dela e, quando ela irrompeu em choro, não me virei. Depois a professora me disse que ela se acalmou muito rápido.

11

Talvez, antes de me tornar mãe, eu não compreendesse direito como meninas são amadas. Quer dizer, como as amamos. Já tinha ouvido falar dos poderes misteriosos que tornam as mães onipotentes, lido no jornal sobre uma mulher que ergueu um carro com as mãos para resgatar a filha que estava sob ele, lido sobre uma mulher que abraçou a filha pequena por dois dias inteiros enquanto estavam agarradas a uma prancha de madeira flutuando no oceano, lido sobre uma mulher que matou quem feriu a filha dela, e eu sabia que amor de mãe pode ser selvagem e desenfreado, mas o que me escapava era a jornada do amor cotidiano. Então eu entendi. Lea nasceu, e eu entendi.

Só bati nela uma única vez. Agarrei seu braço com muita força, até perceber que era exatamente o que eu pretendia, machucá-la; que bati nela sem que Lea ou eu pudéssemos saber que ela havia apanhado. Até nisso eu nos enganei. Mas ela me deixou com muita raiva, se recusou a sentar-se no banquinho do banheiro para que eu escovasse seus dentes, e se levantava e se sentava de novo, e se levantou e saiu do banheiro, e riu e disse: "Primeiro xixi", "Primeiro água", "Mais água". "Chega!", gritei. "Basta!" E agarrei o braço dela com força, olhei-a nos olhos e gritei — eu mesma fiquei surpresa ao ouvir o grito —: "Acabamos! Chega! Se você quiser que eu escove os seus dentes, venha aqui, sente-se direito, abra a boca e espere por mim. Entendeu?! Entendeu?!" Ela não se mexeu. Por um momento, ficou sem respirar e sem abrir a boca. Repeti a pergunta. Eu estava espantada com tudo isso. "Você me entendeu?!" Ela sentou-se, fez que sim com a cabeça e abriu a boca devagar. Entretanto, quando me sentei na frente dela segurando a escova, ela contraiu os lábios novamente, esticou a mão, acariciou minha bochecha e disse: "Mas primeiro eu quero ver os seus olhos." E a partir disso percebi que minha filha sabe quando eu não estou presente e sempre saberá me chamar de volta.

Pouco depois, adoeci novamente. O começo foi como uma gripe, mas eu sabia o que estava acontecendo, as vezes anteriores me tornaram alerta a qualquer oscilação no meu estado. Eu me escondia no quarto, e Lea, com 4 anos, entrava, subia na cama e desabava em cima de mim, e eu pensava, hoje vou me levantar, vou cheirá-la, abraçá-la e descobrir o que fazer, mas em um instante eu havia voltado ao desespero. Para ser a mãe, eu precisava pensar nela sem parar, mas não tinha forças. Seu peso incansável. A pele grudenta. O farfalhar gutural e úmido na voz. E ela sempre voltava do jardim de infância com fome, isso não passava. Sempre ansiosa para falar, contar e persuadir. Demais. Foi demais. E, por causa dela, por causa da sua voz forte, aconteceu que eu lhe disse — não gritei, também para isso é preciso força —, pare de falar, Lea, chega. Me deixe em paz. Minha mãe estava esperando por ela fora do quarto, eu podia ouvi-la na cozinha e depois andando com os sapatos de enfermeira até o quarto. "Venha, Léale. Venha com a vovó." E eu empurrava Lea de cima de mim, e ela, que de repente se transformou de uma criança pesada em uma menina tão magra, assustava com tanta leveza, como uma boneca de papel machê, ficava me encarando com um olhar divertido, como se estivéssemos apenas brincando. Minha mãe ficava à porta do quarto, não cruzava a soleira se não precisasse, e repetia: "Vamos, Léale, deixe a mamãe descansar." E às vezes dizia: "Léale, você lembra que uma vez também teve gripe? Não queremos que você pegue de novo."

 Naquelas semanas, Meír se empenhou em voltar para casa mais cedo. Minha mãe e ele eram gentis um com o outro, eles encontraram maneiras, porém eu sabia que não seria assim por muito tempo, que Lea recebia os devidos cuidados de quem se importava com ela, porém logo as rachaduras se alargariam, então era obrigatório que eu voltasse a ficar de pé. E, dentro de algumas semanas, eu de fato estava de pé.

12

Lea começou a ler ainda no jardim de infância e, a partir daí, não parou mais. Lia tudo, cada placa na rua, cada panfleto de propaganda e todos os textos nos rótulos de produtos, alimentos e bulas. Um enorme volume de alertas em letras miúdas, os quais muita gente nem sequer percebia, atraía a atenção dela, tudo era importante, toda possibilidade, até a mais remota, estava destinada a acontecer. O intuito de Lea não era me esgotar, eu entendi a compulsão por trás de tudo aquilo. Corantes usados em alimentos, alérgenos, efeitos colaterais, restrições e limites e proibições e advertências, e a facilidade com que uma vida inteira pode ser virada de cabeça para baixo — ela lembrava a Meír e a mim tudo isso a cada momento, e, se não déssemos atenção a suas palavras, desatava a chorar. Os métodos que sugeri para aplacar os medos de minha filha apenas exacerbaram o fenômeno, ela identificava neles ingenuidade e complacência, até estupidez. Quando descobriu que no repelente de mosquitos que comprei para ela dizia "A partir de 7 anos", foi tomada por ansiedade, porque ainda não tinha completado 6 anos e já o passara nos braços e nas pernas. Eu desatei a rir. Disse a ela: "Você é tão inteligente que os insetos podiam muito bem achar que você tem 7", então ela lançou um olhar na minha direção que não sei descrever e jogou o produto no lixo. Tirei-o de lá, coloquei-o de volta com uma pancada na prateleira e gritei: "Já chega disso! Chega!"

No dia seguinte, porém, comprei-lhe um novo repelente. Aquilo estava me atormentando. Em uma loja de produtos naturais, encontrei uma fórmula inofensiva e suave, que podia ser usada até em bebês. Lea leu o que estava escrito em todos os lados da caixa e me abraçou com muita força. Acariciei-lhe a cabeça, estava tudo bem. Quase tudo que fiz ou disse a ela foi com o intuito de transmitir essa mensagem.

No fim da primeira série, ela já precisava de óculos. "Lindos olhos", disse a médica, "mas muito fracos". E entendi exatamente o que ela estava dizendo, senti isso quando olhei para eles, para o azul-claro no fundo.

Lea ainda estava sentada na cadeira de exame, com o queixo apoiado no aparelho conforme as instruções da médica.

Eu disse a ela: "Você pode se levantar, querida", e ela se aproximou de mim, envergonhada, e sussurrou no meu ouvido. A inquietação a abalou e ela precisava ir ao banheiro. "Claro", falei, "quer que eu acompanhe você?".

Ela foi sozinha. Havia muito tempo que eu lhe ensinara o que meninas precisam fazer em banheiros públicos. Não toque em nada. Forre o assento do vaso sanitário com papel higiênico. Eu a ensinei a não hesitar em gritar por ajuda se necessário, não importa o que fosse.

A médica examinou os resultados do teste. Lamentei o que ela havia falado antes sobre Lea, sobre os olhos lindos e fracos, e ainda assim o silêncio de minha filha agora me incomodava, pois os silêncios eram muitas vezes minha responsabilidade.

Falei: "Eu li algo tão estranho."

A médica continuou concentrada nas folhas que tinha nas mãos.

"Uma pesquisa", continuei. "Mostraram aos participantes fotos de alunos do sexo masculino e do feminino com olhos castanhos ou azuis e pediram que respondessem a algumas perguntas."

A médica deixou as folhas de lado, na mesa.

"E descobriram", falei e esperei que o olhar dela encontrasse o meu, "veja bem, descobriram que os fotografados

de olhos castanhos eram, na opinião dos participantes, mais confiáveis".
"Foi isso que você leu?" A médica finalmente olhou para mim.
"Sim."
Ela ficou em silêncio. Eu procurei ver algo em seus olhos, sendo tomada por um medo repentino.

Lea voltou do banheiro e correu direto para o meu colo, entrincheirou-se entre minhas coxas como se ela fosse uma menininha de novo. Eu lhe acariciei o cabelo, uma menina tão boa.

Saímos com uma receita de óculos e mostrei a ela que estávamos nos divertindo, que mal podíamos esperar pelos óculos. Fomos imediatamente até a ótica e experimentamos dezenas de pares, mas não conseguimos decidir, com todos ela parecia completamente abobalhada, como se fantasiada de professora. Escolhemos uma armação de metal rosa arredondada. Falei: "Está lindo em você. Você é linda." Mas somente quando a lente for encaixada na armação é que ocorrerá o profundo trauma em sua vida. Como se os olhos brancos e arregalados pelos quais as garotas de óculos observam o mundo as tornassem mais propensas ao fracasso do que outras garotas, ou que fossem menos limpas, ou ainda que não entendessem direito o que lhes é dito. Ficamos um bom tempo lá, até que escolhemos um modelo e pagamos, e nos informaram que ligariam quando os óculos estivessem prontos. Lea, porém, foi inflexível, ela os queria na mesma hora, e o optometrista sorriu e disse: "Talvez amanhã." Atravessamos a rua até a sorveteria. Insisti para que ela pedisse uma porção maior de sorvete. Com chantili. E granulados por cima.

"O granulado é que faz com que seja uma comemoração", disse Lea com a seriedade de uma menina míope, e eu entendi como ela ficaria quando dissesse isso usando os óculos. Lea tinha apenas quase 7 anos. Sorri para ela. Era desconcertante: em tudo que eu dizia ou fazia pela minha filha, havia um certo grau de engano.

Àquela altura, ela já sabia muitas coisas que não foram ensinadas por mim. Não apenas palavras e nomes e fatos, mas também tons de fala, risadas e linguagem corporal. Ela superou a criadora. Eu não conseguia mais antecipar as reações e respostas de Lea, foi maravilhoso, senti um interesse renovado em ficar em sua companhia. Eu ria de verdade das piadas que ela contava, me admirava sinceramente dos desenhos que fazia e dos poemas que compunha. Quanto fingimento estava envolvido no amor dos primeiros anos da vida de Lea, até então eu não havia me dado conta disso. E ela tomara tudo para si, tudo. Tudo era dela e para ela, andava pelo mundo e colhia para si isso e aquilo, a vida lhe mostrava e lhe contava, e, se lhe ofereciam um fruto, ela imediatamente o levava à boca e o mordia.

"Esperei toda a minha vida para experimentar amêndoas."

"Desde o dia em que nasci, rezo para ter um cachorro."

"Sonhei anos por um vestido assim, mamãe."

O jeito dela de falar. Recortando e colando, daqui e ali. Ela imitava e testava. Experimentava. Aos 4 anos, 5 anos, 6 anos. Eu ria dela com vontade. Garotinha boba. Engraçada. Eu ficava toda alegre. Minha filha com seus óculos rosa. Uma bonequinha.

Lea me entregou o prato de sopa dela vazio e disse: "Obrigada, mamãe, estava excepcional." Ela me contava suas memórias: "Quando eu era pequena..."

Algumas semanas antes de terminar o primeiro ano na escola, ela voltou para casa radiante. Hagai a elogiara por um desenho que ela havia feito. Lea disse: "Ele é o primeiro menino com quem me dou bem, mamãe."

"Graças a Deus."

Ela me olhou hesitante.

"Você logo fará 7 anos, Lêike. Está na hora."

Ela riu. Eu ri também.

Sem um pingo de autocrítica, ela foi sugada pelos desenhos animados na televisão e então adquiriu uma dicção exagerada e falas de empoderamento. "Seja você, mamãe." "Acredite em si mesma." "Você consegue fazer isso." "Eu me sinto tão independente", disse ela quando foi enviada sozinha ao supermercado pela primeira vez. "Este é o dia mais maravilhoso da minha vida", declarou ao voltar de lá, "eu sou grata a você, mamãe".

"Me diz uma coisa", sussurrei para Meír, "nós a adotamos do século XIX?".

"Pare com isso."

Mas eu estava apaixonada pela minha filha, era louca por tudo relacionado a ela, era exorcismo, o mais leve sarcasmo contra o mau-olhado. Minha filha fez transbordar meu coração e eu tive que derramar um pouco do meu amor, só muito pouco, para continuar. Não era fácil cuidar dela. Afinal, ela nem sempre era atenta, voltava da escola sem o casaco (no inverno, tínhamos dificuldades em manter as mãos dela quentes, às vezes nem um casaco e luvas ajudavam), ou pegava um caco de vidro brilhante na rua, ou entrávamos em um banheiro público e ela tocava em tudo, nas torneiras, nas maçanetas, ou apoiava a mochila no chão imundo da cabine. Eu gritei com ela quando, sem querer, deixou os óculos caírem na privada, não concordei em tirá-los de lá. Nós os deixamos no banheiro feminino do shopping e no caminho para o carro ela insistiu em segurar minha mão e chorou amargamente. Eu me senti muito mal. Compramos óculos novos no dia seguinte, mas eu não tinha ideia de quanto é possível se sentir mal ao partir o coração da própria filha, mesmo se a fratura é leve, e jurei que teria mais cuidado com ela.

13

Encontro uma nova maneira de falar com minha mãe sobre Lea. "Ela é tão séria", reclamo. "Ela estuda muitas horas todos os dias. Fica estressada por causa das provas. Eu digo, pare, saia um pouco. Vá ver suas amigas. Divirta-se. Ela é muito séria. Demais." Faço um tour com minha mãe pelos defeitos da minha filha e a admiração é disfarçada de reclamação. A necessidade excessiva que ela tem de ordem, a dificuldade de improvisar. "Veja só o armário dela. Está organizado com uma precisão militar. Olhe os cadernos." Reclamo da ausência de uma vida secreta. "Ela me conta tudo. Tudo. Isso não faz sentido." Pergunto para minha mãe sobre o que vai acontecer. Minha filha não sabe pegar atalhos. Tudo é importante para ela, não sabe deixar de lado o que não é importante; quais problemas o futuro reserva para ela? Por enquanto ela está bem, eu digo, agora está dando conta, mas a vida não vai se tornar mais fácil.

Minha mãe quase nunca tem algo a dizer sobre isso. Ela muda de assunto e, daí, entendo como ela me conhece bem. Poderia ter me dito, cala a boca. Teria sido a mesma coisa. Ela poderia dizer, você acha que não existe ninguém como a Lea, que nenhuma mãe jamais amou assim uma filha.

Lembro-me da facilidade com que ela me amava quando eu ficava doente na infância, como cuidava de mim, a fraqueza que me dominava em minhas doenças aparecia nas órbitas de seus olhos e ao redor de sua boca. E eu sabia como ser paciente dela. Em outras ocasiões, porém, eu não entendia como ser a filha amada de minha mãe, o que fazer para ser bem-sucedida nisso. Mas sempre acreditei nela. Mesmo quando fiz pouco caso das suas palavras, mesmo quando retruquei, você não entende nada! O simples fato de que minha mãe pensava certas coisas de mim me convencia de que elas eram verdadeiras, não importa o que acontecesse, elas estavam no meu âmago.

Eu mudei. Agora minha mãe me interessava de uma forma diferente. Na verdade, só me interessavam Meír e Lea. Eu não saía à noite com as minhas amigas do estúdio, e, quando amigas da minha época da escola de artes de Betzalel me ligavam ou escreviam para mim, eu as ignorava. Também esqueci minhas amigas de infância, e, se as via na rua, continuava andando como se não me lembrasse delas, e elas também seguiam apressadas — era um acordo tácito.

Talvez, quando Lea começou a fazer aulas de dança, eu tenha entendido algo sobre quem fui e quem me tornei. Lembrei-me dos anos de balé da minha infância, e que sempre estava frio; o frio da parede às minhas costas e o frio do chão sob meus pés, e o conspícuo frio do enorme espelho de parede diante do qual dançávamos, e como eu olhei para minhas coxas e para a silhueta da minha barriga pela primeira vez e aprendi a ficar de olho nas duas.

"Que tal aulas de balé, Lêike?"

Agora eu era a mãe. Milhões de meninas ao redor do mundo são enviadas pelas mães para aprender balé. Nós nos sentamos juntas, o livreto de cursos do centro comunitário em mãos, e analisamos as opções. Domingo e quarta-feira, das quatro às cinco da tarde. Professora: Natasha Kozashov. Fiquei impressionada com a informação em destaque de que a aula era acompanhada por piano.

"Você gosta da ideia?", perguntei a Lea.

Ela assentiu e apoiou a cabeça no meu ombro.

Não há como escapar do engodo das menininhas todas enfeitadas, inventadas pelas mães, meninas cuja própria fofura já cria os alicerces para suas crises no futuro. Roupas de balé em azul-tóxico e rosa-pegajoso, as doces barrigas moles que vibram dentro da lycra, cada braço como um pãozinho, as suaves penugens do rosto. Eu conheci os dois tipos, as garotas desinibidas que corriam no auditório para cá e para lá e as outras, as tímidas, agarradas às pernas das mães. Daqui a alguns anos, elas também esbarrarão umas nas outras sem parar, seguirão em frente, um punhado de personagens cujo destino as conservará aqui, nesta cidade, e isso será suficiente para envergonhá-las. Cada uma delas acompanhará a distância todas as coisas que acometem as outras: as mudanças infligidas pelo tempo ao corpo, ao rosto, ao cabelo; toda a vida adulta que deixará de ser objeto de adivinhação e será apenas a vida delas mesmas; os maridos e os filhos que terão e as casas que conseguirão comprar.

    Eu também, na minha época, dancei até minha mãe começar a aparecer na entrada do auditório, sempre alguns minutos antes do fim da aula, para me assistir. Eu também dançava até o último segundo, imitando a mim mesma apenas para os olhos dela. Ela, porém, nunca falou comigo sobre o que viu, fosse bem, fosse mal.

Como eu já disse, Lea era uma criança séria, pronta para a batalha. Quem comprou a roupa de balé dela foi a minha mãe, na loja mais cara, e era um modelo clássico em tom marfim. Na primeira aula, Lea foi a única que chegou sem meia-calça, mas na seguinte estávamos equipadas. E ela sempre se destacou. Em todo grupo, era bem-vista pelos professores, e dessa vez não foi diferente: agarrou com as duas mãos o que lhe foi ofertado e esteve muito presente. Ela estava presente, essa era a sua grandeza. E, quando cresceu e saiu de casa e vagou para longe de mim, às vezes eu estava dirigindo e me pegava de repente abandonando as rodovias principais e seguindo por estradas vazias, passando por cidadezinhas, florestas e barrancos, e, quando parava o carro e vagava um pouco por essas colinas quaisquer, sempre encontrava aquelas cores. Cores da infância nas aulas de dança. Um chinelo rosa fosforescente colocado ao pé de uma árvore. Elásticos de cabelo rosa-velho florescendo em torno de uma rocha. Um copo de plástico roxo enterrado de cabeça para baixo na terra. Verde-balão, amarelo-vasilha de óleo, laranja-fogareiro de acampamento. Todos os vestígios do balé estavam ali.

14

Em uma foto que esteve pendurada acima da minha mesa no estúdio por anos, Lea e eu estamos deitadas no sofá, os olhos colados na televisão. Foi Meír quem a tirou. Estamos assistindo a um documentário sobre pessoas apaixonadas por objetos inanimados. Uma mulher apaixonada por um brinquedo de parque de diversões, um carrossel de cavalos. Por fim, ela adquire o velho carrossel de ferro; anos depois que ele parou de fazer galopar vertiginosamente as crianças, ela o adquire e o coloca no quintal de casa. Uma cena com muitas carícias em metais. A mulher se aconchega aos cavalos de ferro e abraça os corpos enferrujados. Ela parece feliz, também parece e soa normal em todos os outros aspectos. Ela tem uma casa bonita e bem cuidada, um emprego comum (algo na cidade vizinha, na sede da prefeitura) e boas relações com os vizinhos (exceto uma, uma mulher que não consegue aceitar que tem uma vizinha com um caso de amor com algo de ferro). Outra mulher do documentário, uma australiana, diz que, ainda na juventude, tinha se apaixonado pelo Empire State. Como não havia a possibilidade de morar com ele, por anos os dois mantiveram um relacionamento à distância, mas recentemente ela tinha se mudado para Nova York, alugado um apartamento não muito longe do prédio, e eles agora se viam todos os dias. Uma terceira mulher entregou o coração a um longo túnel rodoviário na Suíça. E quanto aos homens do filme, todos eles, o que importava eram os veículos. Homens estão apaixonados por seus carros e suas motos. Perdidamente. E farão tudo por eles. Tudo, tudo. Tudo!

Depois que Lea e eu assistimos a esse documentário, também nos apaixonamos pelas coisas e queríamos nos casar com elas. Em especial, produtos de papel e de madeira: cadernos maravilhosos, caixas perfeitas, animais esculpidos em madeira de pau-de-balsa e incrivelmente leves; eles são tão leves e livres de gravidade que imediatamente causam um relaxamento na mão. Nós nos apaixonamos por gelecas de brinquedo, sentimos prazer nos sons que os pedaços de material viscoso produziam, principalmente aquelas gelecas com partículas mergulhadas nela. A música crepitante nos levava ao delírio. Os sons de *crunch* nos deixavam enlouquecidas. "É divino", diz Lea. Ela está com 10 anos, e recentemente começou a usar "divino", "uau" e "ai de mim". "Esta massa de modelar é o amor da minha vida!", exclamo. "Este caderno é meu marido", diz Lea. "Eu quero netos dele", retruco. Depois de um tempo esquecemos que tudo isso começou como uma brincadeira e realmente queremos muito nos casar com uma guirlanda de bolas turquesa e douradas que comprei para Lea e pendurei no quarto dela. Antes de dormir, apagamos todas as luzes ao redor e acendemos apenas a guirlanda, olhamos sua luz fria enquanto nos aconchegamos juntas na cama de Lea, muito apaixonadas. "Meu marido", diz Lea. "Meu genro", comento. "Teremos bebês turquesa--dourados", diz Lea. "Bolas turquesa-douradas que sejam meninas", corrijo. "Já pensei nisso e eu quero netas."

15

Naqueles anos, Lea se recusava a dormir fora de casa. De vez em quando tentava passar a tarde na casa de uma amiga, e então ligava para mim e dizia, Yonit (ou Nili ou Yael) me convidou para dormir na casa dela, eu posso, mamãe? Por favor, mamãe, você deixa? E ouvia na voz dela o apelo, a súplica para que eu não permitisse, que não concordasse, e então ela poderia aceitar a sentença com ressentimento e alívio. Ela sentia muito medo de dormir longe do pai e de mim, no âmago da noite de outra família — aos olhos dela, e também aos meus, a escuridão nunca cobriu as coisas, pelo contrário, a escuridão expôs para todos verem as partes mais privadas da casa e da família —, e sempre que ia dormir em algum lugar sem a nossa presença, sem mim, ela ligava chorando, pedindo-me que fosse buscá-la. E imediatamente se arrependia, zangada consigo mesma, pelo incômodo que estava me causando, pela agitação e pela preocupação. E novamente ela pediria que eu fosse buscá-la e se culpava, ela mesma é quem pedira para dormir fora de casa e por isso iria arcar com as consequências, e dizia, não venha, mamãe, eu vou sobreviver, mas eu ia, eu sempre ia, sempre salvei minha filha de si mesma.

Eu odiava que ela dormisse na casa de amigas. Eu não dormia bem. As viagens noturnas de volta para casa, só nós duas no carro, o rosto dela molhado de lágrimas e ela cheia de autoaversão, eram viagens infelizes e estressantes. Subíamos as escadas em silêncio e entrávamos no apartamento sem fazer barulho, porque Meír já estava sempre dormindo, e eu a apressava a ir para a cama, então ajustava o cobertor em volta dela e a beijava na testa, e Lea dizia, desculpe, mamãe, sinto muito, o que eu faria sem você, desculpe, me perdoe. Mesmo quando já tinha 11, 12, 13 anos e pedia que eu deitasse com ela antes de dormir, para que nos enrolássemos juntas sob o cobertor e tagarelássemos, eu sempre ia. Colocar na cama para valer, assim ela chamava. Faz muito tempo que você não me coloca na cama para valer, dizia ela. Por favor, mamãe. Raras foram as ocasiões em que recusei. Nós tagarelávamos depois de apagar as luzes e, se ela tentava me contar algo, indireta ou diretamente, eu me empenhava em não falar muito, não perguntar mais, e, por fim, eu dizia, não é fácil, o que você contou, não deve ter sido fácil para você contar, obrigada por me contar. Contudo, à luz do dia, era mais difícil, eu não me controlava, sabia que tinha que me conter e não me continha, e, quando ela voltava da escola mal-humorada ou silenciosa e se trancava no quarto, eu implorava, conte para mim o que aconteceu, minha querida, meu amor, conte para mim.

16

No verão da pipoca e dos filmes bobos e de um bando de amizades e do riso incontrolável, Lea saía muito com Arza, uma garota com dentes grandes e brilhantes, que estava sempre sorrindo e era cheia de energia. Arza tinha uma voz suave, quase cômica de tão suave, e, quando se fechava com Lea no quarto, eu podia ouvir como a voz da minha filha se suavizava tal qual a dela. Era uma voz contagiante, e parecia que iriam falar assim por horas a fio e jamais se cansariam disso. De vez em quando, eu tentava atraí-las para fora, mas elas educadamente recusavam todos os lanches que oferecia, até que apareciam na cozinha para assaltar a geladeira e rendiam-se prontamente a qualquer coisa que pudesse ser mastigada de imediato sem precisar ser aquecida ou de qualquer outro tipo de esforço.

Fiquei impressionada com Arza. Os modos impecáveis. Sempre de bom humor. Como uma garota assim foi criada? Em que tipo de casa e com que tipo de pais? Ao contrário dos anos anteriores, em que conhecia a mãe de todas as amigas da minha filha, agora elas já eram filhas do eterno presente e imaginavam-se criadas do nada, como se tivessem dado à luz a si mesmas. Elas iam e vinham sozinhas, resolvendo os problemas entre si, ainda meninas, mas a sombra de cada uma delas já pertencia às mulheres que se tornariam. Naquele verão, ansiei pela oportunidade de dar uma olhada na mãe de Arza, e, quando a vi uma vez rapidamente em um dia de reunião de pais na escola, tive impressão de que ela não sabia amar a filha melhor do que eu amava a minha, e, ainda assim, a filha sabia amar melhor a si mesma. Desejei saber se ela também, a mãe, era tão aberta à felicidade quanto a filha, e de vez em quando eu tentava fazer Lea falar sobre a amiga, mas não tive sucesso. Só houve uma oportunidade em que quase consegui. Certa vez, Lea notou a alegria impossível de Arza, comentou algo a respeito, mas não de forma muito explícita. Talvez ela não soubesse articular aquilo com precisão.

Naquele ano — lembro-me porque uma vez vi os braços de Arza e observei que ela se comportava assim também —, naquele ano Lea se transformou em uma espécie de quadro--branco, escrevia de tudo no dorso das mãos e nas palmas, nos tornozelos, na parte macia dos braços, ao longo das veias principais — nomes e números e listas e lembretes. E por que isso? Faltavam papéis? E, se eu comentava algo, ela dava de ombros, dizendo que o problema era meu. Entretanto, quando estava sozinha e eu entrava no quarto, ela ainda voltava o rosto para mim como se esperasse que eu fosse aparecer e quisesse de fato isso.

Mamãe.

Eu me sentava ao lado dela. Um breve abraço, um beijo. Eu sabia me levantar e deixá-la. Lembrei-me de como o mundo invade as meninas sem refinamento e sem restrições. Lembrei-me de como, na idade dela, eu parecia um livro aberto ao vento, indo e vindo em todas as direções e sem saber em qual página parar. Entendi por que, à noite, ela esperava até que eu chegasse à soleira do quarto para sussurrar de novo, para si mesma, mas para mim, envergonhada: "Boa noite, mamãe." Eu ouvia isso. Eu sabia que assim ela se ensinava a cuidar de nós.

17

Até que idade ela correu nua na minha frente? Uns 12? Talvez 13? Com que facilidade ela ficava na minha frente para que eu diagnosticasse uma vermelhidão na axila, ou ficava de pé de lado para que eu ficasse impressionada com a curva do seu seio em crescimento, ou reclamava comigo que nove meninas da turma já tinham menstruado, quando seria a vez dela? Ansiei pelo momento da mudança, lembrei-me de como, nos vestiários da piscina pública na minha juventude, eu protegia o peito em um exercício de braços e panos, fazia um esforço para disfarçar da minha mãe as minhas preocupações, os vazamentos de sangue, a penugem de buço que me torturava, a falta de simetria dos meus seios. Lea não sabia discernir entre mim e ela, ainda não, me mostrava tudo, compartilhava tudo comigo e permitiu tudo, e por isso fiquei chocada quando um dia saiu do chuveiro enrolada em uma toalha e vi, de repente, num vislumbre, abaixo de sua barriga, um punhado de pelos escuros.

"O que foi?", perguntou ela. Pequena e magra. Uma criança. Os cílios molhados e grudados uns nos outros como os de uma boneca.

"O que foi o quê?"

"Você está pálida, senhora", disse ela.

"Não é nada. Você está pingando em tudo. Vai lá se enxugar."

Eu observava e acompanhava, eu conhecia tudo dela e, mesmo assim, Lea mudou da noite para o dia, bem debaixo do meu nariz. Toda a minha vida, eu vi ao meu redor garotas cujos corpos eram embalados apenas pela juventude como

algo atraente, que têm apenas a idade a favor, e me preocupei, meu coração doía por causa da barriga afundada, os braços frágeis, os ombros levemente curvados para proteger um seio que mal brotou. Agora o corpo dela em mudança trouxe odores pungentes dos quais eu tinha que conscientizá-la sem chateá-la, encontrar o tom adequado para dizer que tomasse banho, trocasse de roupa de novo, escovasse os dentes. *Primeiro, não prejudicar.*
"Corra para o chuveiro antes que eu desmaie."
"Essas meias pertencem a alguém do batalhão de armas de destruição em massa?"
"Escove os dentes, Lêike, você é um perigo para o meio ambiente."

Exagerei muitas coisas para fazer pouco-caso daquilo, e minha filha tranquila aceitava tudo com um risinho, ela saía do banheiro e soprava no meu rosto ou agitava na minha frente os braços. "Como está agora?"

Eu amava tudo nela, e pensei que, se tivesse recebido o dom de criar minha filha a meu bel-prazer, não saberia pensar em todas as coisas que a constituíam, não saberia como pedi-las. E, ainda assim, a levava comigo para o estúdio de vez em quando e passeava com ela pelas salas, para que todos a vissem, os designers gráficos, as secretárias, as meninas na contabilidade, todos que se sentiam à vontade de admirar quanto ela havia crescido, como tinha se tornado linda, como era encantadora, os olhos límpidos, os cabelos banhados de sol, o rosto, o corpo esguio e esbelto. Ela é incrível, diziam, que beleza é essa, devia ser ilegal, e sempre a enchiam de tudo de bom que havia no escritório, lhe ofereciam coisas, salgadinhos e doces, lápis de cor, papéis e cadernetas, e a lembravam — sempre havia alguém para lembrá-la — de como ela fora aos 3 anos, talvez um pouco mais velha, quando eu a levei comigo para a celebração do Chanuká no estúdio. Na ocasião, enquanto nós nos aglomeramos de pé na sala, ao redor de uma mesa cheia de sonhos recheados, todo mundo segurando um copo de papel com vinho, ela cantou para nós, subiu em uma pequena cadeira e cantou para nós "Ner li", com sua voz forte e estrondosa, o som da buzina de neblina que eu tanto amava e que, às vezes, também me deixava constrangida. De modo algum consegui fazê-la repetir algo assim, ficar de pé e cantar na frente de todos, tão forte, sozinha, por conta própria, e nem ela mesma conseguia se lembrar da garota que soube ficar de pé e cantar daquele modo, que sorriu ao ouvir os aplausos no fim; ela não se lembrou daquela menina, como se nunca a tivesse conhecido, como se o tempo houvesse transcorrido e a mudado por completo. Mas não foi por isso que passei a ficar com raiva das visitas dela ao estúdio. Apenas fiquei pasmada com a recusa de Lea em encantar novamente os meus colegas de trabalho. Ela mal respondia às perguntas deles, apenas o necessário, e, se encontrássemos no corredor da universidade algumas das pessoas que eu conhecia, ela se calava e não dava acesso ao próprio encanto, bem quando eu queria apresentá-la a todos. Ela não usufruía o prazer do carinho de adultos que eram importantes para mim e não concordou em ser amada por eles, enquanto eu, em minha juventude, era conduzida pelos corredores do hospital por minha mãe e sorria para os médicos, para as enfermeiras, para os funcionários administrativos e respondia detalhadamente a cada pergunta que me era feita, ganhando, assim, o meu sustento.

18

Naquele verão, pela primeira vez em todos aqueles anos de balé, Lea foi deixada de lado na apresentação de encerramento. Quer dizer, em anos anteriores ela fora Clara, no "Quebra-Nozes", Odette, no "Lago dos Cisnes", Dorothy, em "O Mágico de Oz", enquanto dessa vez... não entendi direito, ela contou tudo sem entusiasmo, como se não fosse importante. Dessa vez, ela recebeu um papel completamente secundário, nada de nada. "Fada-alguma coisa", disse ela com um sorriso de deboche. "Tenho um vestido de trapos e uma cesta com crisântemos de plástico." E ela alçou o olhar para o teto e disse, com uma súplica trêmula: "Senhor... Senhora... Minha mãe é cega... Comprem um crisântemo de plástico de uma menina infeliz..."
Eu ri. Contudo, fiquei magoada com a decepção dela. O que aconteceu? Ela já dançava lá havia cinco anos e nunca tinha perdido um ensaio. Era talentosa e iluminava o palco, e o corpo dela era feito para a dança, afinal, toda vez que eu encontrava a professora, ouvia elogios à minha filha. O que aconteceu?
Levei nos braços uma cesta imaginária de flores e, assim como Lea, me dirigi ao teto: "Mamãe é totalmente cega... Três flores por dez fênigues... Obrigada, senhor... Obrigada, senhora..."
Lea riu. Eu a beijei. Você está bem?, perguntei. Ela deu de ombros. Eu sabia quão desapontada ela estava e falei, está tudo bem, você pode se sentir assim, e ela disse, está tudo bem, mamãe, deixe para lá. E frisei, está tudo bem, nem sempre as coisas dão certo, e ela disse, já pedi, deixe para lá.

A apresentação foi muito decepcionante. "Toda a produção", falei a Lea, "tudo pareceu arrastado. Sem inspiração".
Ela, porém, gostou muito. Falou alegremente sobre as falhas que ocorreram ao longo da noite, os arranjos de última hora e como, nos bastidores, elas riram sem parar. Lea disse: "Natasha foi uma fofa, ela não dava importância a nenhum erro nem ficou nervosa por nada."
Assenti com a cabeça, mas me irritou o fato de ela não ter guardado o mínimo rancor da professora, de concordar com tanta facilidade em ser deixada de lado.

19

O truque é não demonstrar demasiado interesse pela vida secreta dos filhos. Eu sabia isso. Não demonstrar ansiedade. Eu sabia que muitos hábitos que Lea e eu desenvolvemos entre nós, na infância dela, tinham uma vida curta e que os anos da adolescência viriam e a arrastariam para um rio turbulento de bioquímica, uma compreensão distorcida da realidade e uma má distribuição da atenção. O menor comentário que alguém lhe lançasse, a menor das observações que alguém lhe dirigisse se tornariam o centro do universo dela, o Sol no sistema solar de Lea — futilidade terrível de adolescente. Contudo, mesmo naqueles anos, em seus 13, 14, eu ainda a beijava e abraçava sem parar. Na cama, antes de dormir, eu a beijava no cabelo e no rosto e dizia, tenho pena de você, tenho pena mesmo de você, porque nunca será capaz de sentir este cheiro maravilhoso exatamente aqui — e enterrava o nariz na base do pescoço dela. Como você vai saber o que está perdendo?, eu perguntava, e Lea gargalhava e dizia, mamãe, o que vamos fazer com você, você é doida. Mas ela estava contente, ainda confiávamos nos nossos rituais. Ou então eu entrava no quarto dela ao anoitecer — ela já tinha 14 anos e meio e estava sempre com fones de ouvido — e apoiava a mão em sua cabeça, desencadeando o gesto íntimo de ela tirar os fones e se reintegrar ao mundo, quando dizia com sua voz um pouco infantil e um pouco irritante, oi, mamãe. Uma disponibilidade momentânea que aproveitei ao máximo. E eu dizia que apenas havia sentido saudade e me sentava ao lado dela na cama. Senti saudade da minha filha, eu dizia, é permitido? Existe uma lei contra isso? E Lea suspirava — embora na época ela ainda não estivesse tão exausta da própria juventude —, se virava, estendia os braços na minha direção e dizia, você chegou na hora certa, estou justamente distribuindo abraços de graça.

Nas semanas que antecederam a apresentação, nos muitos dias que Lea passou ensaiando, pensamentos novamente me invadiram e atormentaram, e toda tarde eu me deitava na cama por longas horas, então acordava e vagava durante a noite. De repente, passei a odiar dormir no escuro. Tinha medo da transição de um dia para o seguinte. Eu gostava de ficar acordada sozinha enquanto Meír e Lea dormiam, eu ficava então só, mas sem solidão, e não tinha a menor preocupação, em qualquer momento podia me postar de pé ao lado de ambas as camas e ouvi-los adormecidos. No entanto, eu ficava muito cansada pela manhã, e Lea sofreu com isso. Eu não a abraçava quando ela se levantava de manhã, e eu tendia a me irritar por qualquer coisa quando ela voltava para casa ao anoitecer. À noite, vendo TV, me encolhia quando Lea descansava a cabeça em mim, mas ela não desistia, esperava um pouco e tentava mais uma vez. Eu me enchia de tristeza por ela.

Fui me cuidar, eu sabia o que devia fazer. O verão em que completei 27 anos, os meses de gravidez três anos depois, as sete semanas nas quais passei na cama quando Lea tinha 4 anos, eu não queria que isso acontecesse novamente. Eu acordava todas as manhãs e dirigia até o estúdio. Eram raras as vezes que saía de lá no meio do dia a fim de voltar para casa. Eu subia as escadas fazendo barulho, sacudia o chaveiro, girava com força a chave na fechadura. Temia encontrar Meír quando entrasse, chegamos a esse ponto. Entendi muito bem a situação de uma personagem em um livro que li uma vez, cujo casamento começou a ruir imediatamente depois que ela se deparou com o marido na rua, no meio do dia, na cidade vizinha. Na verdade, ela tinha — ambos tinham — motivos inocentes e boas explicações para estarem lá, e, quando pararam um diante do outro, esse encontro parecia até um pouco engraçado, mas o casamento sucumbiu sob aquele fardo. Um encontro tão casual, em plena luz do dia, alheio à história de vida já tão conhecida. Eu me lembrava desse casal e entrava em casa ruidosamente, batia a porta, anunciando minha chegada ao espaço vazio. Depois de alguns meses, contudo, me recuperei e não voltei a adoecer em todos esses anos, nem uma vez sequer.

No fim do verão, encontrei Natasha na rua por acaso. Um abraço rápido. O que há de novo, o que há de novo? Eu estava com raiva dela e pensei, ela sabe muito bem o que está acontecendo, não tem por que fingir.

"Você está ótima", elogiou.

Não cedi. Pensei, não vou entrar no seu jogo, Natasha. Com amargura, eu disse: "Obrigada."

"Eu estava pensando em ligar para você", disse ela.

"É."

"Eu não entendi o que aconteceu", retomou ela. "Lea já tinha aprendido todo o papel, era uma Hérmia perfeita e, de repente, do nada…"

Deixei evidente, com o meu olhar, que não havia nada que ela soubesse sobre minha filha que eu não soubesse.

"Conversei com ela", continuou Natasha, "tentei entender. Achei que tinha acontecido alguma coisa, deve ter acontecido, com certeza. Ela insistiu e disse que ficaria, mas em um papel secundário. De forma alguma em um papel principal. Ela não quer."

Assenti.

"Mas por quê?", perguntou Natasha.

"Nem tudo pode ser explicado", falei, "ainda mais na idade dela".

"É uma grande pena. Espero que ela esteja descansando um pouco agora nas férias, que volte com energia renovada."

"É", concordei. "Ela vai descansar um pouco e voltar a si."

Nós nos despedimos com mais um breve abraço.

20

Quando volto da Holanda, Art me busca no aeroporto. Não pedi, mas para ele parecia algo óbvio. Estamos juntos há alguns meses, e antes da viagem ele me pediu que deixasse os detalhes do voo de volta. "Eu vou lá buscar você, Yoela", disse ele. "Você não está só."
  Meír e eu não buscávamos um ao outro nos aeroportos, nem ele a mim nem eu a ele. Não fazíamos café um para o outro quando preparávamos para nós mesmos. Fazíamos com prazer se o outro pedisse, é lógico. O que quero dizer é que não oferecíamos. Quando uma vez fiquei parada à beira da estrada sem combustível no tanque, não liguei para ele. Depois Meír me repreendeu. Teria ido imediatamente, disse ele, você colocou sua vida em risco ao ficar parada no acostamento, o que estava pensando?
  E, de fato, não sei dizer o que eu estava pensando. Nunca conseguia prever o que pareceria a Meír a coisa certa a fazer.
  Entretanto, quando Lea e eu voltávamos de nossas curtas viagens à Europa, ele sempre nos buscava. Íamos para o saguão de desembarque e olhávamos ao redor com medo de que ele tivesse se esquecido, mas Meír sempre vinha, e Lea corria na direção dele, atirando-se nos braços do pai, e quando eu me aproximava ele sempre esticava o braço e me puxava, mantendo-nos juntos, os três.

21

Morávamos não muito longe da universidade. Meír e eu trabalhamos lá, e Lea começou o ensino médio a vinte minutos de carro de nossa casa. No nosso prédio, além de nós e de Ora, moravam havia tempo dois casais mais velhos, donos dos respectivos imóveis, e nos outros dois apartamentos, alugados, os inquilinos eram substituídos quase todos os anos. A maioria deles eram alunos que não entendiam o poder que a noite tinha de amplificar as vozes, e eles corriam para cima e para baixo pelas escadas nas horas mais estranhas. Contudo, por dois anos, os Middelberg moraram num dos apartamentos. Eram uma jovem família fraturada e problemática. Havia duas crianças pequenas, um menino e uma menina. Gritavam sem parar, principalmente o pai, que ouvíamos quase todas as manhãs e às vezes à noite, quando a voz alcançava as alturas. Ainda assim, era a mãe quem de fato me assustava. Raramente ela se enfurecia, mas no fim de cada ataque de gritos dela a rua imergia em um silêncio duro, uma tristeza insuportável. Às vezes, ela gritava com o filho também, ainda mais quando ele se recusava a se vestir ou fazer algo que ela havia mandado, mas a maior parte do desespero dela se voltava para a filha, que nunca ouvimos, apenas o grito de ruptura da mãe: chega, me deixe em paz. Chega.

Uma vez a cada algumas semanas, porém, eles de repente eram invadidos por um bom ânimo e saíam, os quatro, para passear na vizinhança. Conversavam entre si, chupavam picolés que compravam no quiosque. Não havia como entender por que ou o que decidia para qual lado a balança iria pender, e pareciam viver inteiramente voltados para eles próprios, de acordo com um princípio que só os quatro entendiam. Dois anos depois, se mudaram dali, deixando junto à lata de lixo algumas canecas, uma frigideira, uma toalha de mesa de plástico e alguns livros infantis velhos e muito usados.

De manhã, sempre que podíamos, nós três saíamos de casa juntos e íamos até o ponto de ônibus do cruzamento. Lea se sentava lá para esperar o ônibus que a levaria até a escola, enquanto Meír e eu seguíamos para o norte pela trilha que dava no *campus*. Eu temia aquela caminhada, meia hora em que eu esperava que Lea chegasse ao destino dela e me mandasse uma mensagem, e, se ela esquecia de fazer isso, a ansiedade me torturava.

Apenas uma vez Meír perdeu a paciência. "Ela é uma adolescente", falou. Ele não levantou a voz. "Ela chega na escola, encontra uma amiga no portão e esquece da vida, inclusive de te avisar, deixa a menina em paz."

Eu lhe dei razão. A preocupação é uma camisa de força, e o amor também. Prometi a ele que controlaria isso melhor. Entretanto, mesmo quando ela estava fora do meu alcance eu vivia alerta, não sei exatamente em relação a quê, e isso era uma cautela mágica, muito próxima da superstição: eu sabia que, se eu cuidasse de tudo, Lea voltaria. Ouvirei os passos dela na escada. Minha filha surgirá na porta. E toda vez me surpreendia, não só pelo seu retorno, mas pelo fato de ela ser mais real do que tudo que eu conseguia lembrar. A voz, o cheiro, os movimentos, o jeito de andar. Acontecia de ela postar-se na minha frente e, enquanto falava, de repente começava a girar para cá e para lá, braços, pernas e cabelos, desfocada e borrada diante dos meus olhos, e eu pensava, não me lembrava de você assim, não a tal ponto. Ou com Arza, quando voltavam juntas da escola e invadiam a nossa casa em uma espécie de explosão de juventude e se deslocavam ao meu redor como ímpetos de cor, objetos vistos pela janela do carro em movimento, Arza em especial, que eu nunca conseguia captar em repouso, mas também Lea, porque nem Lea parava.

Eu as espionava. As ondas de sarcasmo que aprenderam a emitir. A sinceridade grandiosa (grandiosa, eu não tinha ou-

tra palavra para isso) com a qual falavam do próprio corpo, das emoções, das lealdades.
É estupendo, diziam uma à outra. *Ah, tão divertido.*
Ai, ai.
Ouça, por favor.
Ouvindo, por favor.
Tive um dia simplesmente divino.
Aqui não, amiga. Foi um dia miserável aqui. Simplesmente devastador.
Palavras antigas migraram da periferia da linguagem para o centro da fala delas e ali se renovaram. E a facilidade com que elas suplicaram uma à outra o amor, a admiração e tudo, tudo...
Minha linda.
Perfeita.
Minha vida.
As agitações que elas provocavam na vida emocional uma da outra. A mobilização desenfreada para amar e odiar juntas aquele ou aquela por algo que disseram, por amor que deram ou que negaram, pela doçura, pela maldade.

Eu me lembrava de partes disso da minha juventude, sabia como as garotas envolvem umas às outras nas teias tecidas de emoções poderosas e imprecisas. Eu também, no meu tempo, me apaixonei pelas minhas amigas e elas se apaixonaram por mim, mas outras partes do comportamento de Lea e Arza apenas decifrei gradualmente. O mundo chegava às duas de forma diferente de como tinha vindo a mim naquela idade, elas sofreram outros fardos, a internet derrubava cada vez mais divisórias, elas desenvolveram um senso de direção afiado e, ao mesmo tempo, um talento especial para encobrir os rastros. Eu não tinha como saber exatamente o que elas entendiam e como entendiam, e se esse conhecimento era prejudicial ou não. Elas eram seres diferentes, uma nova espécie, e ainda assim garotas como todas as garotas de todos os tempos. A Terra em que estavam ainda girava no eixo na mesma direção e na mesma velocidade, e o sol nasceu e o sol se pôs e todas as coisas trabalhavam até a exaustão.

Agora elas discutiam aos gritos sobre a pilosidade dos membros e do rosto. A circunferência da cintura. A estupidez dos dedos dos pés. Elas se autodenominavam e chamavam uma à outra por apelidos estranhos baseados apenas no afeto. Elas falavam como se elas próprias tivessem concebido a noção de ironia, como se tivessem inventado a capacidade de dizer qualquer coisa e referir-se ao seu oposto. *Olhe para mim. Monocelha. Digna de assustar crianças na rua. Simplesmente uma monstra.*

Você é uma monstra?! Você? E eu, sou o quê? Uma ogra?

Ah, convenhamos, sua retardada. Você é perfeita. Apenas uma tonta.

Isso me chateou. Arza me irritava. Eu não queria ouvir aquilo. Elas se apaixonaram um pouco por cada rapazinho que abominavam e abominavam um pouco cada rapazinho pelo qual se apaixonavam, e não saíam de casa sem um sutiã bobo projetado para anunciar a feminilidade e, ao mesmo tempo, escondê-la, como em um livro em que li certa vez a história de uma mulher oprimida cuja vida não parecia em nada com a minha e, ainda assim, comecei a chorar quando li sobre os seios dela, que brotaram de repente aos 11 ou 12 anos, seios *para os quais ela era jovem demais,* sobre os quais ela não tinha *propriedade* e que tinha que levar para a escola em que estudava e trazê-los de volta para casa, dia após dia.

Você é a minha vida.

Você, você que é a minha vida.

Eu as ouvia. Supervisionei o que Lea estava comendo e quanto ela estava comendo. Que não passasse fome. Que dormisse bem. Nem as menores flutuações de seu humor me es-

capavam. A voz dela. A luz e a sombra no olhar. Ambas eram lindas. A beleza de Arza, porém, era uma beleza insuportável, um fardo, uma beleza que sempre aparecia na sala antes da menina e mudava a atmosfera, enquanto a de Lea era revelada de forma mais lenta e podia ser ignorada.
Esplêndida.
Você, você que é. A mais bonita do mundo.
Perfeita.
A Coroa da Criação.
Ha ha ha.
Exageravam sem parar e ainda assim não suportavam nenhum exagero ao seu redor, e se eu queria contar algo a elas ou me admirava com Lea na presença da amiga ou repetia para elas qualquer coisa, logo era acusada.
Não foi nada assim.
Não?
Uau, você está aumentando a história, mamãe.
Estou?
Uau.
E, na frente da amiga, Lea me abraçava e dizia: "Minha mãe ganhou o prêmio de Exagerada da Década." E Arza respondia: "A minha é a Exagerada do Século", e ríamos, tudo era feito como uma piada. Mas eu também acreditava nela. No fundo, acreditei naquilo, como se eu não soubesse contar as coisas nem entender, como se eu devesse duvidar de mim mesma, e, no entanto, repetidas vezes, iniciava uma conversa com elas. Passei a não suportar mais Arza e esperava que ela fosse embora, e ela sentiu isso e entendeu. E foi por esse motivo, mais do que por qualquer outro, que fui punida.

22

Minha filha e a amiga se reúnem em frente ao computador no quarto de Lea e assistem a vídeos. Sei o que elas estão vendo, são coisas inocentes, muita música, compras e moda, mas percebi há muito tempo que não é apenas a escuridão que está à espreita de Lea, que o mundo está inundado por uma bela luz branca que drena a energia das garotas. Elas gostam especialmente de tutoriais de culinária nos quais ingredientes aparecem do nada no momento exato e as mãos das cozinheiras não têm rosto, apenas voz. Coloco na mesa ao lado uma tigela com frutas que cortei para elas e saio apressada, sem fechar a porta. Quanto mais olham pratos deliciosos de toda parte do mundo, menos elas comem.

Lea ainda dança duas vezes por semana, à tarde, no centro comunitário que fica a cerca de dez minutos de carro da nossa casa. Meír pensa que, agora, aos 14 anos, ela deveria ir e voltar sozinha. Tem linha de ônibus para lá, diz ele, e marca opções no mapa que imprimiu. A fim de evitar uma discussão, fico ofendida e digo que ele deveria ter pedido minha opinião. Além disso, argumento, o inverno está começando, não é época de ficar circulando até tarde na rua. Nós dois nos calamos e Meír balança a cabeça. É assim que brigamos. Por fim, ele diz que não tem a menor intenção de continuar a levá-la aos lugares, e então digo, entendi, eu vou levá-la, para mim não é um problema.

Mas ainda há um problema. Eu a deixo no centro comunitário no horário e, quando ela entra no prédio, em vez de ir embora eu vou para o estacionamento e desligo o motor. De vez em quando, ligo-o de novo por alguns minutos a fim de me aquecer no ar-condicionado ajustado para aquecimento ou de ouvir o noticiário. Quando ela sai de lá, duas horas depois, sua figura esbelta é iluminada e apagada pelos faróis enevoados dos carros na estrada, e, quando ligo o motor e pisco o farol alto para ela, Lea se apressa, a cada passo a dança parecendo se esgotar em seu corpo. Você está cometendo um erro, repete Meír quando chega o verão. É importante para nossa filha que você confie nela. É importante que ela descubra a própria independência, que saiba ir e vir sozinha, que saia um pouco pelo mundo e entenda o lugar que ocupa nele. No entanto, muito rapidamente ele deixa o assunto de lado, e eu a levo e a trago de volta, semana após semana, por muitos meses mais. O inverno seguinte é menos rigoroso, mas às vezes quando ela entra no carro traz consigo uma rajada tão feroz de frio que até parece ter caído no calor do veículo vinda do espaço sideral.

Arza não dança, ela está no coral. Às vezes, quando as duas estão em nossa casa, esparramadas no sofá da sala, ela irrompe com um verso de uma obra que está ensaiando, exagera-o em falsete, e Lea cai na gargalhada. Ao contrário de quando fala, a voz cantada de Arza é firme e cativante, a menina sabe o que faz com ela, e talvez seja por isso que eu esteja tão envergonhada com o riso da minha filha, que se rende sem oferecer nenhuma resistência à amiga e se enfraquece por causa dela. Eu me preocupo com Lea porque agora ela sabe das coisas sem entendê-las. E talvez este seja o momento em que percebo que minha filha é bajuladora. Que reconheci nela algo que não poderei aprender a amar.

23

No verão entre a sétima e a oitava séries, uma nova família se muda para o prédio em frente ao nosso. Lea e eu estamos na varanda observando o caminhão de mudança que entra de ré no estacionamento. Um rapazinho de camiseta regata salta do banco do motorista para a calçada, dá a volta no veículo e abre a porta traseira. Ele pula para dentro, permanece no interior por um momento e, em seguida, descarrega dois banquinhos na calçada, alguns pôsteres emoldurados de desenhos animados, uma pilha de cobertores de lã e uma cadeira de rodas. Penso comigo mesma: um jovem casal, dois filhos e uma avó.

Estou de folga, prometi a Lea que iríamos juntas comprar uma mochila e cadernos para o próximo ano letivo e comer em um novo restaurante indiano sobre o qual lemos. Ao contrário de mim, que durante toda a minha infância e a adolescência frequentei apenas dois restaurantes na zona leste da cidade, minha filha conhece muitos tipos de culinária. Japonesa, italiana, francesa, tailandesa. A nossa sorveteria favorita fica na mesma rua do restaurante indiano em que acabamos de comer, então vamos lá comprar um sorvete. Tudo deu certo e foi agradável, e enquanto estamos na varanda eu me estico e a abraço, trazendo-a mais para perto de mim. A única coisa que obscurece o nosso dia é o tempo, terrivelmente quente.

Um carro azul entra na rua e estaciona ao lado do caminhão. O motorista, magro e alto, sai dele, anda até a cadeira de rodas e aciona os freios dela. Em seguida, ele volta para o carro, tira a filha de dentro do veículo — acho que é sua filha

— e sai carregando-a nos braços, uma menina de cachinhos louros de 11 ou 12 anos com um livro nas mãos, e a senta com delicadeza na cadeira. Agora ele lhe diz alguma coisa e ela assente. O pai acaricia a testa dela e leva a mão esquerda da menina à caixa de interruptores preta presa no apoio da mão. A filha sorri, e, com um leve movimento do dedo na caixa preta, a cadeira gira um pouco no eixo. Quando eu era criança, costumávamos olhar do pátio da nossa escola para a escola de reabilitação do outro lado da avenida. Foi naquela época que minha mente criou conexões de cadeiras de rodas com os membros torcidos das crianças, as crianças e as cadeiras eram uma coisa só, e mesmo agora, trinta anos depois, o medo toma conta de mim.

Não há mais ninguém no carro, nem mãe nem irmãos. O pai se volta para o motorista do caminhão e eles conversam alto, e mesmo assim não consigo entender o que é dito. Eu me esqueço de Lea do meu lado, apenas esqueço da existência dela. O pai e o motorista do caminhão são engolidos dentro do caminhão e a menina mexe de novo o dedo e a cadeira dá uma volta em torno de si mesma, uma vez, duas vezes, três vezes, cada vez mais rápido, e, enquanto eu pisco para tentar focar minha visão, o pai espia da porta do caminhão e grita para a filha: "Yoela, chega!"

Meu olhar recai em Lea, a meu lado, que abaixou a cabeça e começou a chorar. O que aconteceu, Lea? O que aconteceu? Por que você está chorando?

Ela não sabe dizer.

À noite, voltando do restaurante para casa, Lea quebra o braço esquerdo. Num momento, ela está andando a meu lado na rua, e, no seguinte, está esticada no chão e o braço, curvado em um ângulo inimaginável. Eu informo Meír e a minha mãe, que imediatamente liga para os colegas dela no hospital, e, no dia seguinte, de manhã, nós três acompanhamos Lea em ridículos aventais e toucas de papel à sala de cirurgia.

Lea está de bom humor — analgésicos e sorrisos. Eu me lembro de como ela acordou da anestesia quando tinha 5 anos, após uma pequena cirurgia no tímpano. Como foi difícil para ela subir das profundezas nas quais tinha afundado. A personalidade despertou em etapas, a raiva, a tristeza e por fim a alegria da vida. Dessa vez, uma amiga médica com quem minha mãe tinha trabalhado todos esses anos me tranquiliza: a maioria das crianças acorda da anestesia com o mesmo humor com que estavam quando entraram; se elas chegam tranquilas para uma cirurgia, por que não acordam assim? Sua filha ficará bem, promete ela.

Meír e eu aguardamos na sala de espera. Ele parecia zangado comigo; não estava com raiva, apenas tentando entender como foi que Lea escorregou de repente. Eu explico de novo. Saímos da sorveteria e fomos até o carro. Assim que ela escorregou, formou-se uma multidão ao nosso redor, pessoas tentando ajudar, e na confusão que se formou não pensei nisso, não me lembrei de verificar, talvez algo a tivesse feito tropeçar, uma pedra na calçada ou um buraco. Depois ele nos traz café da cantina e nós ficamos sentados aguardando uma enfermeira nos informar que nossa filha foi transferida da sala de cirurgia para a sala de recuperação. Quando voei com Lea alguns anos antes para Estocolmo, um jovem sentado ao nosso lado no avião ficou observando a tela do radar em frente a ele durante todo o voo, fixou o olhar na imagem que acompanhava o avanço do avião pelo céu e não parou de fitá-la mesmo enquanto comia, cinco horas sem se levantar nem desviar a atenção uma vez sequer. Na época, eu me perguntei se seria um transtorno mental, ou uma forma de meditação, ou se ele se drogara antes do voo. Agora entendo, acho que ele só estava com medo. Por duas horas e meia, eu folheio e leio sem entender o jornal que alguém deixou numa cadeira, e, quando a enfermeira aparece finalmente, sinto que recuperei a consciência, como se eu mesma tivesse acordado nesse instante. Estamos um em cada lado da cama de Lea. Poucos minutos antes, o médico conversou conosco do lado de fora da sala com a típica calma da profissão. Dois pinos tinham sido colocados. As placas de crescimento não foram danificadas, mas muitos nervos foram, portanto pode haver uma superestimulação na área da fratura. E o contrário também é passível de ocorrer, ou seja, pode haver subestimulação. Tudo isso ficará evidente nos próximos meses, disse ele com calma; haverá um acompanhamento, não vale a pena se preocupar com hipóteses e suposições. E ele fez questão de alternar entre se dirigir a Meír e a mim durante toda a conversa — notei isso — e também segurou delicadamente meu braço para demonstrar solidariedade.

Da vez anterior, na sala de recuperação, Lea ficou incomodada com o toque e as vozes, por isso, dessa vez, sorrimos para ela sem tocá-la e sem falar. Ela encosta o rosto na parede e chora em silêncio. O trem da anestesia a levou para longe de nós, e, quando chegou a hora de voltar, ele a deixou na estação errada, muito longe de si mesma. Finalmente o choro diminui e ela adormece. À noite, fico no hospital com o intuito de dormir ao lado dela em uma poltrona na enfermaria. Quando encontro de novo a amiga médica de minha mãe, ainda estou com raiva. Por que, afinal de contas, se anestesia uma criança quando ela está com medo, eu a ataco, por que não tentar acalmá-la antes? A médica sorri para mim e continua com os afazeres. Ela já tinha visto de tudo e ouvido de tudo, ela é médica, sabe que não importa o que se faça, é difícil agradar às pessoas. Então reclamo com a minha mãe que a amiga dela é insensível, que quando eu era criança já a odiava, que ela era uma mulher terrível, que ela fala bobagem, e assim continuo até que minha mãe de repente fica tensa e diz: "Está bem, chega, Yoela, já entendemos, entendi."

24

Começa um período em que não tenho ideia do que estou prestes a dizer até que eu diga, e muitas vezes me surpreendo dizendo coisas que eu não sabia que estava pensando e que não sei por que as disse. Entretanto, quando Lea começa a se recuperar e o braço dela volta a funcionar, eu relaxo. Por longas semanas, cada toque, por mais leve que fosse, na área da fratura a fazia pular, talvez um pouco porque ela não podia realmente sentir a região — a falta de sensação era em si uma espécie de sensação, uma espécie de desvio entre os sentidos —, mas agora ela está voltando a si. Quando coloco o dedo na pele macia da parte interna do braço de minha filha, ela faz que sim com a cabeça, sente o dedo; não como antes, como antes da fratura, mas não é mais o estímulo insuportável que atinge o córtex cerebral por trás de camadas nebulosas. Tudo bem, digo, estamos no caminho certo, você logo poderá voltar a dançar, e Lea declara: Mamãe, eu queria te contar, já informei a Natasha.

Eu não entendo.

Não vou voltar para a dança, diz ela. Já decidi.

Atribuo o humor melancólico de Lea à ansiedade prolongada por conta das dores. Você não tem que decidir agora, digo. Este não é o momento, você não está em condições de decidir. Recupere-se e depois nós vemos.

Entretanto, naquela mesma noite, ela empilha as roupas de balé, dezenas de itens e acessórios de todos os anos de dança, e os coloca numa grande sacola ao lado da porta de casa. Leve essas coisas, está bem?, pede ela, e se refere ao ponto de coleta de roupas que fica a duas quadras da nossa casa. Então ela muda de ideia. Vou levar eu mesma, afirma. E vai saindo de casa, segurando a sacola na mão saudável, e volta alguns minutos depois com as mãos vazias.

Nunca, no ano em que ela morou do outro lado da rua, falamos com a segunda Yoela. Raramente a encontrávamos à tarde, quando era deixada por uma van, não sei direito de onde vinha. Ela era descarregada e levada na cadeira de rodas para o acesso no edifício. Eu nunca ouvi a voz dela, e até o pai vimos poucas vezes, quando ele saía ou entrava à noite, e então eu me perguntava com quem a garota ficava, quem estava cuidando dela na ausência dele. Um ano depois de terem se mudado para lá, eles deixaram o bairro.

25

Tento me lembrar de como eu vivia antes de ver minha filha pela janela em Groningen. Em que eu pensava. Como adormecia à noite. A hora antes de dormir é um buraco muito difícil de contornar. Estou com um livro que comecei a ler antes de ir à Holanda, esperando que Art coloque a mão no meu braço para me indicar que está tudo bem. Que eu estou bem. Que eu deveria dar um tempo às coisas. O inverno acabou. Lentamente, recupero a concentração que tinha perdido. Não tenho nenhum plano. Todas as noites, num sonho recorrente, vou de novo a Groningen, bato à porta e espero. Está escuro lá fora, e a casa de minha filha iluminada por dentro é a coisa mais tentadora do mundo e excessivamente sublime para mim, para além de minha capacidade de compreensão, como se eu fosse uma moradora de rua. Eu bato e bato, cada vez mais forte.

Com o incentivo silencioso de Art, vamos ao teatro, ao cinema, a restaurantes. A cada poucas semanas, recebemos em minha casa a filha de Art e a família dela para jantar. Eu sou grata pelos dois filhos pequenos de Sharona, ruivos agitados que não podem me fazer lembrar de forma alguma de nós, e me pergunto o que teria acontecido conosco se Meír e eu tivéssemos tido um menino. É tão estranho, inimaginável mesmo.

Nos demais dias, jantamos e depois levamos as taças de vinho para a sala, onde assistimos ao noticiário. Quase sempre Art dorme na minha casa e, antes de apagar as luzes, traz para a pia a louça que espalhamos pelos cômodos, que eu lavo rapidamente, e em seguida dobra a manta de televisão e afofa as almofadas do sofá. A escuridão precisa de ordem. Depois convergimos para o destino compartilhado da noite. No banheiro, nos movemos um ao redor do outro, nos preparando. Escovar os dentes, lavar o rosto. Art vai para a cama antes, acende os abajures para nós dois, puxa o cobertor para mim e, com as mãos descansando frouxamente sobre o coração, espera que eu me junte a ele. Jamais mergulhará na leitura sozinho. No entanto, nunca lemos os mesmos livros juntos no mar da cama, cada um de nós segurando a própria tábua de salvação e flutuando com ela para onde quer que ela nos conduza. Leio sobre o relacionamento difícil e turbulento de uma mulher inglesa com a mãe adotiva. *Não consigo me lembrar dos tempos em que eu não tenha comparado a minha história com a dela,* escreve. *Assim sobrevivi desde o primeiro momento.* Ela fala sobre filhos adotivos, sobre a ausência no início da vida dessas crianças. Nada, um ponto de interrogação. Uma parte essencial da história desapareceu, e violentamente, como uma bomba no útero. Mas acho que, para as crianças não adotadas, a ambiguidade é ainda mais difícil. Na história delas, quem está falando sobre as bombas? Ninguém. Elas não suspeitam desse apagamento, e aqui começa outra luta desesperada — pelo direito à dúvida.

Num livro escrito antes desse, a inglesa abordou a história do início da sua vida. Aos 16 anos, numa cidade no noroeste da Inglaterra, a mulher e os pais adotivos moravam juntos em uma pequena casa numa longa fileira de casas geminadas. *Contei a minha versão,* escreve ela, *fiel e ficcional, precisa e distorcida, embaralhada no tempo.* A mãe dela se ressentiu das coisas expostas, mas, para a autora, parecia que a mina estava justamente sob aquilo não escrito, *o gêmeo mudo da história,* os *silêncios* que ela esperava *que alguém ouvisse.* Eu fecho o livro e me viro para Art.

Ele também fecha o livro que estava lendo, vira-se para mim e ajeita o travesseiro sob a cabeça. Ele estará ouvindo e eu falarei.

Escrevi para Johan, começo. Escrevi uma carta para o marido da minha filha e a enviei para a escola de teatro onde ele leciona.

Art não pergunta, ele espera. Sabe que no final vou contar tudo. É mais um dos talentos dele, esperar por mim.

Naquela noite dormi muito pouco, e, quando Art adormeceu, acendi de novo o abajur e peguei outro livro. Juliet embarca na balsa. Está a caminho de encontrar a filha Penélope, que havia meses não via. Penélope lhe escreveu, *Espero vê-la no domingo à tarde, chegou a hora,* e, toda animada, Juliet preparou-se imediatamente para o passeio.

Agora, na balsa, ela puxa conversa com uma gentil mulher da região e lhe conta que está indo encontrar a filha em um local chamado "Centro de Equilíbrio Espiritual", ela não sabe exatamente o que é, talvez a mulher já tenha ouvido falar e possa explicar? A mulher hesita, e se fosse eu também hesitaria. Essa intimidade incidental de duas mulheres que estão conversando e acabaram de se conhecer pode permitir que uma delas fale sobre si mesma com espontaneidade, mas será que permite que você seja descuidadamente franca quando sua nova conhecida lhe pergunta algo que diz respeito a ela?

Então Juliet conta à mulher sobre a filha, que, embora já seja uma moça, nunca ficou afastada dela por um período considerável, e a mulher diz a Juliet que ela mesma tem três filhos e que *há dias em que estaria disposta a pagar para que eles fossem viajar, os três juntos ou cada um separadamente.* E *Juliet ri.* Que mãe não riria de tal comentário? É mesmo engraçado. E, com a esperança de que Penélope vá para casa com ela, fala para a mulher, *Claro, não garanto que não ficaria feliz em mandá-la de volta daqui a algumas semanas.* Agora é a vez da adorável mulher rir, mas a história pula essa parte. A história pula todos os tipos de coisa. Este é o *modus operandi* da narradora, ela controla todos os fios da trama e é a operadora de Juliet, e o que acontece com essa personagem é que esses três meses sem conexão ou contato com a filha têm sido uma luta diária.

Eu já tinha lido esse livro e sabia o que estava por vir. Não devia lê-lo novamente, mas li mesmo assim. Contei com a presença de Art a meu lado. Meír e eu nunca líamos juntos na cama. Ele adorava as horas noturnas e, quando eu me retirava para dormir, se sentava à escrivaninha para escrever artigos e avaliar os trabalhos dos alunos. Às vezes ele vinha primeiro ao nosso quarto para me dar boa-noite, conversar um pouco, transar. Só nos meus tempos difíceis mudamos essa rotina; houve meses em que fiquei acordada à noite e ele me concedia aquelas horas e ia dormir. Toda a minha vida fui cautelosa com as coisas erradas, e também com Meír. E assim aconteceu que quase nunca fomos dormir juntos e nunca líamos juntos na cama.

Quando Juliet chega ao destino — um complexo abrangendo uma antiga igreja, atrás da qual há um prédio com muitas janelas —, uma das funcionárias do Centro, Joan, aparece e a convida a entrar, e, antes que Juliet tenha a chance de perguntar pela filha, Joan conta algo sobre Penélope que vai partir o coração da mulher.

Eu disse isso antes, eu li esse livro no passado, sabia exatamente o que os anos seguintes trariam para a mãe e a filha, eu me lembrava de como Juliet se atormentaria e como ela se libertaria disso e ingressaria no restante da vida de ambas. Lembrei-me de que ela dirá a Christa, a melhor amiga, *"a verdade é que eu não fiz algo tão terrível"*. Lembrei-me de que ela também diria: *"Por que eu estou chorando todo o tempo como se a culpa fosse minha? Ela é um enigma, só isso. É algo que* tenho que encarar.*"*

Atirei o livro contra a parede. É lógico que nos anos em que ficou fechado na prateleira ele não se reescreveu, mas o domínio único da narradora sobre o destino de Juliet e a impossibilidade de eu mudar a sentença cruel — isso eu não superei. Art não acordou, e mesmo que acordasse não teria ficado pasmado, e isso era exatamente o que eu mais precisava dele, acima de tudo.

26

Estou contando tudo, o que eu sabia e o que eu lembrava. A memória, porém, é um material maleável e é destinada à arte: as pessoas esculpem e pintam com ela, criam com ela, por isso pensei mais de uma vez que, se Lea tivesse um irmão ou uma irmã, estaríamos salvas. Mas nós éramos uma linhagem de filhas únicas, minha mãe era filha única de minha avó, eu era a única de minha mãe, em nossas casas éramos as únicas testemunhas de nossa vida e nossa história nunca foi compartilhada entre os interlocutores, tampouco escondida de ninguém; nossa memória a dominava sozinha, estávamos sozinhas nisso e, como parecíamos normais, passávamos despercebidas.

Sempre li muito. Li livros tristes (eu preferia filmes alegres e livros tristes) e li sobre famílias, sobre como irmãos negociam fatos entre si e sobre sempre haver aqueles que lutarão, mais do que outros, pelo bem e pelo belo na história. Sempre, em toda família. Sempre haverá o irmão ou a irmã que desejará abraçar o passado, melhorá-lo. Tais tendências não mudam ao longo dos anos, são como a mão dominante de uma pessoa. Li livros sobre famílias e sobre casos extremos e entendi minha situação. Eu tive sorte. Não senti pena de mim. O que havia para sentir pena? Meus pais me amaram. Meu pai morreu quando completei 14 anos, e minha mãe nunca me ofereceu a amizade dela, mas era consistente. Eu sabia pelo que esperar — o que ela iria dizer, o que iria querer e o que iria fazer. E isso ajudou. Ela não me bateu, nem me insultou, nem me puniu. Talvez tenha batido um pouco nos primeiros anos, é difícil lembrar, vou deixar uma pequena brecha para essa possibilidade. Ela nunca me chamou por qualquer nome que não fosse o meu. Nada de Yoelik, nada de meu docinho, nem bobinha, nem minha linda. Eu não gostava do meu nome. Eu preferia ir me divertir na casa das minhas amigas, principalmente na de Orna, cuja mãe me chamava de docinho. Eu sabia como famílias soavam, minhas amigas tinham irmãos. Em outras casas havia alvoroço, elas não cresceram sob os holofotes inóspitos de ser filha única, e se, por algum motivo, eu as convidava para a minha casa, minha mãe as acolhia de boa vontade, oferecia refrescos e não se metia no que estávamos fazendo. Deixava-nos em paz. Aos olhos das minhas amigas, aquilo era encantador. Outras vezes, quando estávamos em casa só nós duas, minha mãe se recusava a se maravilhar com as coisas que eu lhe contava, ou ela fazia uma pergunta errada, ou encontrava os pontos fracos nas minhas histórias. Isso é tudo. Eu não abracei minha infância e minha mãe não abraçou a maternidade dela.

    Na noite em que meu pai morreu, eu me preocupei em como iria abraçá-la no dia seguinte no enterro, se ela estenderia os braços na minha direção e choraria na minha frente e como juntaríamos forças. Fiquei aliviada por ela não ter precisado de nada disso. Ela se rodeou de vizinhas e das colegas de trabalho, que a protegeram de mim e talvez tenham me protegido dela, não sei o que pensavam e o que entendiam. E, toda vez que só nós duas conversávamos, brotavam assuntos de ordem prática que selavam as aberturas, e assim contornamos todo o resto. E ela sempre permaneceu uma parte importante da minha vida. Sempre. Eu a levava em consideração e contava e mostrava as coisas para ela. Frequentemente, fiquei desapontada com ela, como havia aprendido a fazer, e reclamei dela para as minhas amigas, mas essas são as leis da natureza. Elas também se queixavam das mães para mim. E, desde a morte do meu pai, toda vez que chegava em casa, eu me inclinava sobre minha mãe e lhe dava um beijo rápido na bochecha. Lamentei ter começado esse hábito, porém, ainda assim, foi mais fácil continuar seguindo adiante desse modo do que voltar atrás. Nós duas nos apegamos à história um pouco editada, isso pareceu razoável. Só agora, com Lea, percebi o perigo envolvido nessa atitude.

Eu estava envergonhada. Não contei a ninguém, a não ser a Art, sobre o desaparecimento de Lea, e, se me perguntavam sobre ela, eu era evasiva. Ela está passeando, respondia. É uma verdadeira nômade, conquista o mundo com os pés. Eu dizia que tínhamos conversado na véspera. Que havíamos falado fazia alguns dias. Uma semana. Estou com saudade, admitia. Mas que ela estava se divertindo, eu dizia, essa era a fase de fazer isso mesmo.

Apago a luz. O problema é a minha mente. Juliet ouve as palavras de Joan, tenta entender. Ela sente o terror do *conhecimento do futuro.*

Eu levava muito a sério os livros que tinha lido. Exagerei nisso também.

Conto a Yochái sobre Art.
"Ele é um homem bom", digo, "me traz uma lufada de ar fresco".
Yochái hesita.
"Meír...", começa ele e faz uma pausa. "Meír foi duro com vocês."
"O quê?"
"Ele foi duro com você. Duro com Lea. Muitas vezes, quando estávamos juntos, pensei, essa menina, sorte que ela tem Yoela, porque Meír... Ele amou Lea mais que tudo, mas só sabia ser severo com ela, não tinha um olhar mais compassivo sobre as coisas, e você..."
"Basta."
Mas Yochái quer falar.
"A verdade é que eu ficava preocupado com você. Era como se você e Lea... como se você e ela fossem o casal da casa, e Meír..."
Não quero ouvir mais. "Chega", insisto. "Deixe isso de lado. Nós fizemos o que pudemos, deixe estar."

27

A essa altura, minha mãe já estava com problemas de audição, e isso foi uma dádiva. Parecia que ela havia mergulhado de bom grado abaixo da camada do barulho e estava feliz em se deixar envolver pelo isolamento da nova deficiência. Eu também não suportaria a situação se ela entendesse o que estava acontecendo. Toda vez que ela perguntava sobre Lea, nós tínhamos uma coreografia própria. Minha mãe se preocupou conosco durante todos esses anos, mas nunca disse que eu arruinaria Lea por excesso de amor. Bastava que ela tivesse desviado o olhar, que tivesse se recusado a desfrutar a observação de nosso amor.

"Lea viajou e voltará", digo à minha mãe. "Esta geração não sabe ficar parada."

Talvez a dificuldade de audição tenha afetado a capacidade cognitiva, já que minha mãe não faz perguntas. Ela diz: "Que se divirta", "É o tempo dela", "Ela voltará quando for a hora certa". Talvez seja ela quem esteja borrando a situação para mim.

Para Art, porém, eu conto tudo. Eu lhe digo que Lea veio a Israel mais uma vez quando Meír já estava muito doente. Que cuidou dele nos últimos dias, que esteve comigo durante a shivá e ficou a meu lado por mais algumas semanas depois. Mas ela teve que viajar de novo, digo. É uma geração diferente, um tipo diferente de pessoa. E realmente, argumento, por que pertencer a uma casa, a uma rua, a uma cidade e a um país? Ela está em casa em qualquer lugar do mundo.

Por seis anos, Lea ainda vagou entre países e me telefonava a cada dois ou três meses — de Dharamsala, de Bangalore, de Hanói, de Chiang Mai. Está tudo bem, ela está bem. Como você está, mamãe? Só depois descobri que esteve na Holanda quase todos esses anos, não muito longe de mim. Não tão longe. No entanto, quando conto tudo isso para Art, já sei afirmar que tudo que fiz foi por amor a ela.

Choro diante dele. Vasculho minha bolsa em busca de um lenço de papel para secar o rosto. Eu era a mãe, digo a ele. Agi da melhor maneira que podia. Eu a amava mais do que tudo neste mundo. Ela é um enigma, digo, e Art me observa com seus suaves olhos estrangeiros e diz no seu hebraico suave, você fez tudo que podia, Yoela.

28

Após a morte de Meír, deixo o estúdio e passo a trabalhar na biblioteca de ciências da universidade. Preciso de silêncio e estou ansiosa para o encontrar.

Na sexta ou sétima vez que entrego a Art os livros que ele pediu, respondo ao sorriso dele com outro sorriso. Estou viúva há quase seis anos, e já faz algumas semanas que sei onde minha filha está. Ela está na Holanda, numa cidade cujo nome eu nunca tinha ouvido antes, Groningen. Sei que ela tem duas meninas, e fiz as contas: Lea engravidou três ou quatro meses antes de vir a Israel para cuidar de Meír nos últimos dias, portanto na época ela já sabia da gravidez — e, de todas as coisas que escondeu de mim, isso é o que mais me envergonha.

Art é muito educado, e nas poucas palavras que diz quando pega os livros de minhas mãos pode-se perceber um sotaque. À minha pergunta, ele responde que nasceu e cresceu na Holanda, e quando digo "Minha filha vive na Holanda, e também minhas netas", ele assente com simpatia. "Onde na Holanda?", pergunta. Ele mora em Israel há quarenta e cinco anos, mas ainda escolhe as palavras que fala em hebraico com a hesitação de um estrangeiro.

"Em Groningen", respondo de imediato, como se a pergunta fosse fácil. Tive netas sem de fato ter me tornado avó delas, e até agora não contei isso a ninguém.

Apenas após algumas semanas, depois de comermos juntos em um restaurante perto da casa dele, assistirmos a uma peça e transarmos, é que conto a ele que nunca vi minhas netas. Que eu sei as datas de nascimento delas, mas nada além disso. Que faz seis anos que não vejo minha filha. Que converso com ela de vez em quando, mas ela não está disposta a mais do que isso. Que nunca me contou nada sobre as filhas, nem sequer sobre a própria existência delas. E, mesmo assim, Art não fica abalado. E assim entendo que, com ele, consigo fazer qualquer coisa.

Como já mencionei, exceto por Art, não falo de Lea com ninguém. De tempos em tempos, quando me deparo com pessoas que a conheceram, que de repente se lembram dela, tenho que encontrar maneiras de conversar sobre ela sem parecer louca de infelicidade e sem despertar a piedade alheia. Conto tudo com um sorriso, com uma queixa amistosa. Digo, esta geração, eles ficam tentando se encontrar. Mas isso é bom para ela, insisto, isso é o que importa.

Apenas para Art eu conto os detalhes que estou reunindo lentamente sobre minha filha e a família dela. Como eu, ele sabe o nome das minhas netas. A idade, os passatempos delas. O jardim de infância e a escola onde estudam. Conto a ele sobre o marido de Lea, Johan, professor de teatro, e os poucos detalhes que sei sobre a vida dele. No entanto, não mostro a Art nenhuma das fotos deles que encontrei na internet nem lhe digo quantas vezes todos os dias eu olho para elas.

Precisamente sobre Lea eu encontro muito pouco. Ela estudou teatro — achei o nome dela em quatro produções estudantis na escola em que Johan ensina —, mas, pelo que tudo indica, parece ter abandonado o curso no segundo ano. A estudante dedicada demais. A extraordinária. A que sempre recebia atenção especial do professor.

Pouco depois de ir morar com Johan, ela engravidou — e foi lançada a uma vida menos brilhante. Registro de casamento no cartório — Johan postou uma foto na qual erguia um brinde em homenagem ao evento com alguns colegas da escola —, e uma segunda gravidez logo em seguida. Ela tem um emprego, cujos detalhes não consigo entender, no centro cultural local, coordenadora da primeira infância, algo assim, e pode-se entrar em contato com ela para consultas todos os dias de manhã, entre as nove horas e a uma da tarde, e nas terças e quintas também entre as quatro e as seis horas. A cada poucas semanas, eles atualizam as fotos no site do centro: as atividades, os pátios, as lindas crianças tão absortas nas atividades. Estou ansiosa pelo momento em que a encontrarei em uma das fotos e, simultaneamente, temo isso. Navego pelo site dia após dia, manhã e noite, mas ela não aparece.

Para Meír, contei tudo sobre mim naquela época, enquanto para Art conto tudo sobre Lea. O que éramos e como éramos. Art me relata um pouco sobre o casamento com Tália, a ex-esposa, e a filha única, Sharona. Desde que Sharona teve dois filhos, a relação entre pai e filha se fortaleceu; de poucas em poucas semanas Art viaja para vê-los em Herzliya, e uma vez por mês eles vêm para jantarem juntos na sexta à noite.

"E você cozinha?"

"É lógico." Art faz um prato que a mãe costumava fazer na infância dele, *stamppot*. "Uma espécie de purê de legumes. E acrescentamos salsichas."

Parece que é uma espécie de purê amado pelos holandeses, e os netos de Art, que são completamente israelenses, também são loucos por essa comida.

Aos poucos, Art também conta dos pais, com quem mudou-se para Israel aos 16 anos. O pai, físico, veio para um ano de pesquisa na universidade e, quando esse período terminou, Art informou aos pais que ficaria aqui.

"Amei Jerusalém", diz ele, "não quis voltar com meus pais".

"E eles não tentaram convencer você?", pergunto. "Simplesmente deixaram que ficasse?"

Ele sorri. "Por que não deixariam?"

Após vinte e oito anos de casamento com um homem, nos quais estão inclusos os seis após a morte de Meír, meu conhecimento dos homens está se tornando obsoleto. O pau, mais uma vez, torna-se um mistério. Art parece entender isso, porque, quando nos deitamos pela primeira vez, ele me abraça por muito tempo e me apresenta bem devagar ao seu corpo antes de me despir.

Na cama, ao lado de Art, leio sobre Lou Andreas-Salomé, a mulher que tanto fascinou Rilke e Nietzsche e outros. Leio que Lou temia muito o pai, enquanto a respeito da mãe...

"Ouça isso", digo a Art.

Uma de suas primeiras memórias de infância com a mãe estava relacionada a passar o tempo com ela à beira-mar. Lou olhou para a mãe nadando e gritou: "Querida, Mamushka, por favor, afogue-se!"

A mãe respondeu com espanto: "Mas, minha menina, então estarei realmente morta."

"Nichevo", disse Lou, com um rugido. "Não faz diferença."

Li isso para Art com todos os meus talentos artísticos, e nós caímos na gargalhada.

29

Agora acho que famílias infelizes não me interessaram muito, de modo algum, só me interessava a miséria das famílias felizes, o interior frágil. A família em que cresci, a família que constituí. Não chama mais minha atenção a mulher que cresceu em uma pobreza vergonhosa em Illinois e o choro de uma criança que a fez descer de um vagão de trem, tampouco a francesa cuja filha passou dois anos na prisão, nem a mulher adotada da casa geminada em Lancashire e a ausência do começo de sua vida. Lea e eu tivemos um começo e uma sequência, e o que isso poderia nos explicar? Como eu poderia nos entender?

Ela é um enigma, falei a Art. E eu também fui um enigma para a minha mãe, e minha mãe foi um enigma para a própria mãe, e assim sucessivamente, até a geração zero. Ainda assim, garotas quase nunca abandonam as mães, disse eu a ele. Nem as mais horríveis ou as piores ou as mais duras, elas continuam sendo filhas, são filhas para todo o sempre, não há como desfazer isso. Por que Lea? Durante toda a minha vida, conheci apenas algumas poucas pessoas que acreditavam ter tido uma infância feliz, todas as demais são sobreviventes, todas recebem tudo em demasia ou em falta, a vida é sempre uma longa jornada de se recuperar dessa infância. Por que Lea?

30

Eles se sentaram juntos na cozinha, conversando e rindo. "Quanto você ama o seu pai?", perguntou Meír. Lea disse:
"Um milhão de trilhões."
"Só isso?"
"Mais dois."
"Agora sim!"
E Lea bufou e disse: "Ha ha, papai. Hilário."
Eles ficaram em silêncio quando entrei, como se não pudessem ser devidamente compreendidos na minha presença.
Lea me perguntou inúmeras vezes ao longo dos anos: "Você me ama, mamãe?" E eu respondia: "Mais do que tudo no mundo." Então ela perguntava: "Tem certeza?" E eu dizia "mais sete", e ela dizia: "Chegue a dez e fechamos." E nunca, nem uma única vez e de forma alguma, eu lhe perguntava isso de volta.

31

Quase um ano após o dia em que Lea sai de casa pela primeira vez, um rapaz liga, e o homem — não sei quantos anos tem essa pessoa, cuja voz é profunda e retumbante, uma voz cavernosa — pede para falar com a mãe de Lea.

"É com ela que você está falando", digo. Meu coração está acelerando. Não vejo minha filha há onze meses e não tenho notícias dela já faz semanas.

O rapaz diz que Lea está nas montanhas, no Nepal, que está tudo bem, ela está bem. Ele a conhecera lá duas semanas antes e ela lhe pedira que, quando voltasse a Israel, ligasse para nos informar de que ela está bem.

"No Nepal", repito. Por quarenta e quatro dias, não ouvi nada dela. "Nas montanhas? Ela está nas montanhas?"

"Isso", diz ele. E fala algo sobre um telefone que parou de funcionar. Problemas de serviço de celular. Não entendo direito o quê, mas ainda assim me apresso a dizer: "Sim, lógico."

"Ela vai ficar lá por um tempo", acrescenta o rapaz. "Pelo menos mais algumas semanas. Talvez mais."

Certa vez, conheci um homem com uma voz assim. Na época, eu trabalhava em uma agência de publicidade, e ele era o gerente de orçamento — não importava o que ele dizia ou queria dizer, a voz dele atravessava meu corpo e me perturbava, o baixo reverberando em toda matéria ao redor. E naquela época pensei, e ainda penso, essa voz é como uma deformidade, um drama sem fim; com uma voz dessas, você não pode dizer, ela está bem, ela vai ficar um tempo lá, está tudo bem.

Há inúmeras coisas que eu quero dizer e perguntar. Sento-me no sofá e sinto o telefone tremer na mão. Duas semanas antes de Lea completar 19 anos, liguei para ela dezenas de vezes certo dia, e também no seguinte. Não parei de tentar. "Obrigada por ligar", digo, "muito obrigada". E desligo antes mesmo que ele responda.

À noite, na cama, conto a Meír. Ligou hoje um sujeito chamado Yaniv, talvez Yariv, não me lembro direito, e disse que Lea nos mandou um "oi". Ela está nas montanhas, digo a Meír. No Nepal. Não há sinal lá. Ou ela não tem telefone. Não importa. Isso não faz diferença.

Meír me olha confuso. Quando isso aconteceu? Esta manhã? E como eu não tinha lhe contado ainda? E, antes que ele fale qualquer outra coisa, digo: "Ela dormiu com ele, é óbvio. Ela está bem, dormindo por aí com caras. Não há nada com que se preocupar."

O olhar de Meír muda de surpresa para choque. Estávamos tão preocupados e à espera de notícias, loucos de preocupação, agora que recebemos notícias para nos tranquilizar... Qual o seu problema?

Eu choro e ele me abraça. "Não chore." Todos esses anos ele teve medo do meu choro, ele me consolou. Agora está ficando mais fácil. Até então, não falávamos sobre as coisas como elas eram, e a partir de agora falaremos cada vez mais sobre elas, vamos chamá-las pelos devidos nomes e teremos dificuldade em falar sobre o que quer que seja além delas.

Daquele dia em diante, eles me ligam com certa frequência, a cada um ou dois meses. São sempre homens que a conheceram, que viajaram com Lea por montanhas, por florestas, por aldeias isoladas, por lugares cujo nome é pronunciado com tanta velocidade que imediatamente ficam fora do meu alcance. Por intermédio deles, ela nos instrui a não nos preocuparmos, avisa que está tudo bem, ela está bem. Ela pediu que, quando chegassem a uma cidade central, uma área com sinal, em Israel, em casa, que ligassem para nós, e assim eles fazem. Que não nos preocupemos. Ela está muito bem. Nas vozes desses homens, ouço uma cautela complacente, que o mundo é deles, que Lea é deles, mas agora estou preparada. Nunca lhes peço que me contem. Contem-me sobre Lea. Eu lhes agradeço. Digo obrigada, obrigada por ligar. Se eu prendesse o ar à espera deles e das histórias que contam, ficaria sem fôlego. E ainda ligo para ela muitas vezes, não desisto do telefone. Minhas chamadas são imediatamente encaminhadas para a caixa postal.

Meír e eu perseveramos. Como sou agora a funcionária com mais tempo de casa no estúdio, posso muito bem transferir minha carga de trabalho para as outras funcionárias, mas faço o oposto. Graças a esse mesmo privilégio, tomo o trabalho delas e preencho minhas horas desde o momento em que chego até a saída do prédio, quase sempre quando já escureceu. Acontece que, no meio do dia, eu saio de lá e vou a uma das bibliotecas do *campus* e me sento ali. Por uma, duas horas. Há nelas um silêncio religioso do passado, das igrejas. Ou eu digo no estúdio que estou com dor de cabeça, tenho que me deitar e vou para casa a pé, mas, em vez de subir para o apartamento, entro no carro e dirijo um pouco, saio da cidade em direção a estradas secundárias com as quais me familiarizei, um caminho não asfaltado no uádi, uma estrada de terra ao pé do monte. Então eu paro, fora de vista, deixo o celular no banco, saio do carro e me afasto. Não estou esperando ligação de ninguém, não estou esperando minha filha me ligar. Só assim eu me liberto. Em casa, à noite, acendo todas as luzes, luzes demais, exceto a do quarto de Lea, cuja porta fechei. Eu disse a Meír, vamos desligar o aquecimento lá, não faz sentido aquecer o cômodo, é um desperdício de dinheiro, vamos fechar a porta. Ou talvez eu tenha dito que era um desperdício de calor. E é assim que o quarto da nossa filha continua sendo o quarto dela, como se esperássemos que ela voltasse, nossa vida é a soma dessas situações, da presença e da ausência, nós somos os pais de uma pessoa desaparecida, mas de um tipo que ninguém ao nosso redor pode entender, nem mesmo nós, e é por essa escuridão que nós vamos tateando.

Quando Meír me conta pela primeira vez sobre as dores musculares que está sentindo, isso não era novidade para mim. À noite, acordei mais de uma ou duas vezes ao som dos gemidos abafados que ele emitia. Eu o acompanho ao médico de família para um exame e, depois disso, ele é levado às pressas para uma série de radiografias. Avaliações, consultas. Não tivemos sorte. A doença e Meír viveram muito tempo juntos sem o nosso conhecimento, não poderemos separá-los.

Toda vez que um dos mensageiros de Lea telefona — sempre para mim, para o meu celular — demoro horas para botar a cabeça em ordem, e talvez seja por isso que acho difícil dizer exatamente quando me ocorreu que tudo aquilo podia ser uma farsa, que nenhum desses homens escalou montanhas com ela, sem sinal de celular, e não desceu delas, não dormiu ao lado da minha filha nas florestas, não caminhou com ela para aldeias distantes; que, enquanto falam comigo, ela não está longe deles. Talvez esteja bem ao lado, ouvindo a conversa, gesticulando para que se apressem, não demorem muito ao telefone, e, na vez seguinte, quando recebo uma ligação dessas, eu digo, se ainda assim você a vir de novo, se você voltar para as montanhas, se você se deparar com ela — se por acaso topar com ela —, diga-lhe que o pai dela está muito doente.

Ela aparece à porta de casa menos de uma semana depois.

Nós três estamos juntos de novo, mesmo que Meír não seja mais ele mesmo, nem na aparência nem na fala. Ele se afastou de sua essência, e talvez esteja mais presente do que nunca; é difícil determinar o que exatamente está acontecendo com uma pessoa no fim da vida, se ela está definhando ou se purificando.

Nossa filha errante está de volta em casa. Não está queimada de sol. As panturrilhas não estão musculosas. O cabelo não está desgrenhado como uma samambaia. Não está muito magra, ela até ganhou peso, e as roupas, apesar dos muitos tecidos coloridos, estão limpas e bem conservadas. Lembro-me no verão entre a décima primeira e a décima segunda séries, quando ela era garçonete no café do shopping perto de casa. Logo aprendeu a enfiar a blusa por dentro da saia, a mascar chiclete sem que percebessem, a não se apoiar nas mesas. Aprendeu a prender o cabelo corretamente e a não ser simpática demais com os clientes.

"Mamãe."

Ela estava parada à porta. Estendi a mão para tocar no cabelo dela.

Afetuosamente, como eu lhe dizia outrora, quando foi a última vez que você o lavou? Já chegou a hora de uma nova lavagem. Afetuosamente, eu deslizava a mão na cascata de cabelos pesados e dizia, ainda vamos encontrar aí ninhos de passarinhos, um gatinho, uma antiga moeda chinesa.

"Lêike?"

Começo a chorar e a abraço, e ela passa os braços em torno de mim e diz: "Não, não chore", e já é difícil acreditar que ela não esteve aqui por dois anos, que me preocupei e me atormentei tanto. Ei-la. Ela voltou. Eu a levo ao quarto de Meír. Nosso quarto. Receio que ele se emocione demais, temo pelo coração, mas o rosto dele ilumina-se em reconhecimento e compreensão, como se a esperasse e, com a nova voz, pesada de drogas, ele diz: "Léale."

Lea se inclina na direção dele com cuidado, e as mãos esqueléticas de Meír sobem lentamente pelas costas dela. Há anos, quando ele entrava correndo pela porta de casa para enterrar a cabeça na barriga da filha e rosnar em júbilo, ela ria tanto que eu temia que sufocasse. Agora é ela que é capaz de sufocá-lo. Ela sussurra algo para ele e os dois riem.

Meír morreu cinco dias depois no hospital. Nós duas estamos sentadas ao lado dele, cada uma de um lado, lhe segurando uma das mãos. Na manhã do último dia, os médicos já sabem e nos dizem, fiquem. Não vão embora. Esperem.

É difícil encontrar palavras para o momento em que isso acontece, é tão celestial a ponto de ser banal. A simplicidade dos pés dos mortos, por exemplo. E, ao contrário, o conhecimento de que não podemos mais lhe fazer perguntas, as mais insignificantes que forem, ou dar uma resposta que nos faltava.

32

Quatro vezes saímos de férias só nós duas, Lea e eu. Estocolmo, Copenhague, Roma, Amsterdã. Lea com 6 anos, 8 anos, 9 anos, 11 anos. Naqueles anos, Meír lecionava durante todo o verão, ou estava ocupado com livros e artigos, e preferia ficar em Israel, e eu não me opunha, ficava feliz. Nós três juntos éramos uma coisa, mas quando estávamos apenas Lea e eu era diferente, eu era diferente. Dormimos em pequenos hotéis que escolhemos em sites de reservas de hospedagem, a viagem começava ainda ali, nos preparativos. Ficávamos doidas com isso, com os lençóis alvos que nos esperariam em camas distantes, as toalhas perfumadas com novos aromas exóticos, os frascos de miniaturas nos banheiros, a televisão em idiomas que não entendíamos, tudo isso era essencial. Cidades estrangeiras acontecem nos quartos de hotel, no interior refrigerado do frigobar, nos armários de limpeza questionável, nos corredores com carpetes que levam aos quartos; não havia sentido em tentar explicar isso a Meír, enquanto que para Lea essas coisas não exigiam explicações. "O café do desjejum é um horror", escrevi de Roma para Meír, "mas podemos pedir omeletes, e o cozinheiro mais adorável do mundo prepara como se fossem a missão da vida dele." "O mar daqui tem um cheiro tão bom", dizia a mensagem que Lea lhe enviou de Copenhague. "O jato da banheira é incrível e as toalhas são maravilhosas", escrevi para Meír de Amsterdã, "se você estivesse aqui, passaria o dia todo tomando banho e se secando". "As pessoas na rua são tão legais", escreveu Lea para ele, "todos nos ajudam a chegar a todos os lugares".

Nós nos divertimos muito. A leve água europeia deslizou sobre nós no chuveiro e deixou nosso cabelo macio, como se tivéssemos ido ao salão. O excepcional frescor da roupa de cama afetava nosso sono de forma diferente; flutuávamos para dormir e, de manhã, não éramos arrancadas do torpor de supetão, tudo era feito com suavidade. Eu ficava fascinada pela praticidade conveniente dos quartos, que tinham apenas o necessário, eram confortáveis e fáceis de limpar. Ficava fascinada em especial pelo poder que têm de isolar o tempo, de dividir a história em uma colmeia de histórias, de preservar a existência mais privada possível e, em seguida, limpá-la, passá-la a ferro de novo como os lençóis esticados nas camas. Com minha filha a meu lado, foi tudo emocionante e prazeroso, foi uma felicidade. No mundo paralelo dos quartos de hotel, os valores de nossa felicidade passaram de relativos para absolutos.

Evitamos os metrôs, permanecemos na superfície. Fomos atraídas para os pequenos parques, para as vitrines iluminadas. Copenhague estava cheia de luz, até as sex shops resplandeciam, vibradores e dildos em encantadoras cores pastel de brinquedos de bebê — embora tivéssemos visto uma vez ao lado da vitrine de uma delas um menino muito gordo, usando tênis neon, parecido com um boneco, soluçando. Num bonde em Amsterdã, vimos um menino e uma menina tão parecidos que poderiam ser irmãos se beijando apaixonadamente. Num café, cujas cadeiras se espalhavam pela calçada, vimos uma mulher idosa se deliciando com um bolo com chantili: inclinando-se cuidadosamente sobre uma xícara alta de chá e sobre o prato com a fatia, ela deu cabo de tudo com equilíbrio e precisão. Em Roma, nos sentamos em uma pizzaria ao lado de uma família americana que competia entre si por quem contava mais piadas sem graça. "Como se chama a esposa do hippie? Mississippi!", "O que o prato disse para o copo? O jantar é por minha conta!", "Você já ouviu falar da dupla de ladrões que roubou um calendário? Cada um recebeu seis meses!". Uma família fofa, riam com facilidade; o pai e a mãe incrivelmente altos e corpulentos em calças de algodão e enormes camisas havaianas de botão, e as três filhas, asiáticas magras em vestidos fluidos. Não éramos as únicas os observando, todos no restaurante não tiravam os olhos deles. Certa vez, conheci uma garota cujos pais adotivos fizeram enormes esforços para que ela fosse totalmente assimilada à nova família, para disfarçar as costuras, e enquanto isso o drama da descoberta pairava no horizonte que anseia por serenidade, como um gatilho discreto. Entretanto, quando pais brancos adotam meninas asiáticas, é uma aventura aberta ao público. A mãe falou com as filhas naquele tom lento muito usado com crianças, com a língua presa no eco cíclico da autoconsciência. Ela se baseava no que havia lido e aprendido, e parecia não ter ideia de como a vida era fluida de fato e que é possível estar certa e errada ao mesmo tempo; quer dizer, ela amava as filhas e adorava ser mãe delas, era evidente, e, ainda assim, todos as observavam. Uma viagem tão sinuosa. Terminamos de comer e estávamos prestes a voltar ao hotel quando um homem entrou no local com um cachorro preso na coleira, pegou alguns sachês de açúcar do balcão e pediu ao garçom um copo de água quente. O garçom pediu a ele que saísse. Vimos muitos desses em Roma, homens bonitos que se afastaram demais da corrente da vida e alimentavam seus cães com tudo que conseguiam. Saímos apressadas dali e não conversamos durante todo o caminho até o hotel, apenas nos demos as mãos, pois sabíamos o que tínhamos visto.

Quando éramos apenas nós duas, Lea e eu, uma refletia a outra em sua forma mais pura. Ninguém intervinha ou interferia, e, mesmo que eu ficasse zangada com ela por um momento ou dois, ou se uma de nós provocasse uma briga, logo nos reconciliávamos. Ela não podia suportar a menor tensão entre nós, e eu me agarrei a isso. Alugamos bicicletas e fomos até o parque, andamos de mãos dadas e compramos coisas, bobagens de todos os tipos, fivelas de cabelo, canetas, bonecas. Em Roma, na hora do almoço, deixei-a tomar um gole do meu coquetel e, depois, eu mesma tomei mais dois, e conversamos sem parar rindo alto, enquanto éramos alvo dos olhares dos outros. Comíamos exatamente o que queríamos, tanto quanto queríamos e, à noite, no máximo às nove, fosse em qual cidade estivéssemos, já estávamos acomodadas em nosso quarto de hotel. Chuveiro, televisão, chá de ervas, enroladas na cama, tagarelando, apaixonadas, exaustas de amor.

Naquela viagem a Amsterdã, ficamos em um hotel com vista para a lateral da Casa de Anne Frank. Não conseguíamos ver a entrada do prédio, apenas a longa fila que o abraçava quase todas as horas do dia, uma fila sinuosa que produzia um ruído constante de farfalhar de embalagens, sacolas e mapas da cidade e conversas abafadas. Por mais quente que estivesse, nada fazia a multidão abandonar o lugar na fila e se retirar para a tentação do abrigo dos cafés e das lojas dos arredores; estavam à espera lá todas as manhãs quando saíamos do hotel e todas as tardes quando voltávamos para o quarto. No quarto dia de nossa estada na cidade, também entramos na fila e esperamos por horas, Lea se recusou a desistir. Aos 11 anos, ela manobrava rapidamente entre o sentimentalismo e o sarcasmo, era cativada pelas canções pop sobre amor e solidão ao mesmo tempo que procurava qualquer manifestação de seriedade excessiva, sobretudo da parte de Meír e minha, especialmente minha, e mais uma vez imergiu no turbilhão emocional das garotas com problemas triviais, banais. Ela leu as histórias de Helen Keller e Sara Aaronson, lutas que tocaram seu coração. Ela leu o diário de Anne Frank e me fez lê-

-lo logo em seguida. Queria falar sobre Anne por horas a fio. Na opinião dela, as duas poderiam ter sido ótimas amigas, ela mesma poderia ter sido uma Anne louvável, e, se fossem irmãs, manteriam um diário juntas, seria a Anne duplicada. Ela queria ver o quarto do sótão, achou eletrizante andar pelo quarto de Anne (as paredes se lembram de tudo), e ficou maravilhada ao perceber — pela minha expressão tensa e pela ternura excessiva na minha voz — o quanto tudo aquilo me irritava. A experiência asséptica do Holocausto que aquela sala proporcionava a quem a visitava, a distância dos campos, as qualidades pitorescas, a fila que se estende diariamente, ao longo dos anos, para espiar o quarto de uma menina durante o Holocausto, uma metáfora exagerada e descontrolada para o sofrimento.

Discutimos. Ela discutiu comigo e não aceitou que eu concordasse com ela sem de fato acreditar naquilo. Acontece que eu estava cansada de andar por horas e de ficar na fila enorme, minhas pernas doíam, eu queria voltar para o hotel. "Além disso", provocou ela, "por mais irritante que esta fila seja, ela também é emocionante. Você não está sozinha quando você vem aqui, entende? Tantos anos se passaram e as pessoas continuam a vir, do mundo inteiro. Até quem não é judeu, todo mundo já ouviu falar de Anne, e eles vêm visitá-la".

"Você está certa", falei.

"Pare com isso", disse ela, "estou falando sério".

"Eu sei", concordei. "Você está certa, a fila realmente contribui como experiência."

Isso só a aborreceu mais. As rápidas concessões feitas para evitar atritos.

Quando enfim entramos, Lea estava muito quieta, abalada, não compartilhava nada. Eu conhecia esse tipo de punição, e então a abracei. "Anne Frank teria ficado muito contente se soubesse quantas pessoas estão andando agora pela casa em que ela morou", disse eu. Fizemos as pazes, ela não sabia brigar comigo e sofria com isso. E naquela noite, depois de desligar a televisão e os abajures e nos enroscarmos nos lençóis alvos do hotel, o rosto dela no travesseiro de repente pareceu muito jovem e a voz ainda muito alta e muito doce talvez não lhe tenha permitido dizer as coisas como ela gostaria.

"Obrigada por ter esperado comigo hoje", disse ela. "Sei que você estava cansada."

Aproximei-me e a beijei na testa. "Mas é estranho", falei, "porque, quando se lê o diário de Anne Frank, já se conhece o fim".

Ela olhou para mim, as pálpebras quase se fechando de cansaço. "E daí?"

"Pense nisso", comecei, "os leitores sabem como terminou, mas ela mesma, Anne, não sabia. Esta é uma posição muito estranha como leitor, quando você sabe mais que o autor".

Ela refletiu sobre isso por um momento. Nós duas refletimos. E ela, minha filha, com a diligência que carregava consigo por toda parte, mesmo quando estava muito cansada, disse: "É verdade. A vida é assim para todos nós. Lemos nossa história sem saber como vai acabar."

"Minha menina, minha sábia."

"Minha mãe", disse ela, "o que faremos com você?".

Naquela noite, ela adormeceu sem dificuldade, mas eu fiquei acordada, não adormeci, estava tomada por uma sensação de urgência, esperando que ela acordasse para lhe dizer o que evitei durante todo aquele dia: que Anne Frank não é apenas uma história de salvação, mas também uma história de traição, e isso é o que me ocorreu no drama romantizado da fila, na peregrinação em massa pelas escadas até o sótão sombrio, no apaixonar-se pela Anne dos anos de esconderijo, pela Anne que sobrevive dia após dia sob o verniz frágil da esperança. Não adormeci, fiquei suspensa. Vagando. Eu me senti muito mal. Muito mal. Ocorreu-me que, se eu fosse camareira do hotel e abrisse as portas dos quartos todas as manhãs, as deixaria abertas por um tempo e só depois entraria. As pessoas deixam atrás de si coisas que são invisíveis, mas perceptíveis. Eu esperaria que os quartos de hóspedes se esvaziassem delas um pouco mais e só então entraria. Não sei quando por fim adormeci. O voo de volta para Israel estava marcado para o dia seguinte e eu não queria voltar.

33

Cinco semanas após a morte de Meír, levei Lea ao aeroporto. Eu sabia exatamente o que lhe diria, formulei tudo na cabeça. Quarenta minutos no carro sem possibilidade de escapar. Nossas antigas viagens ao aeroporto eram o início de toda uma aventura que ainda estava à nossa frente, e senti isso naquele momento. Lea se sentou no carro, colocou a bolsa sobre os joelhos e as mãos sobre a bolsa. Liguei o rádio. Após alguns momentos, ela estendeu a mão para diminuir o volume e, em seguida, apoiou a bolsa ao lado dela no assento. Esperei um pouco antes de aumentá-lo de novo, e só muito depois, quando paramos no posto de controle na entrada do aeroporto, coloquei minha mão sobre a dela. Ainda não era tarde demais. Continuamos avançando, parei na área para deixar passageiros e saímos do carro. Eu sabia que iria falar, que não podia deixar de falar. Tirei sua enorme mochila do porta-malas. Ao nosso lado parou um carro que estava esperando liberarmos a pista, e então corri de volta para o banco do motorista. "Venha cá", chamei-a quando já estava atrás do volante, e ela se inclinou na minha direção pela janela do passageiro e enfiou a cabeça no interior do veículo. Eu também me inclinei na direção dela, segurei o seu rosto com as duas mãos e a beijei na boca como sempre fazíamos. Quando a buzina breve soou atrás de nós, nos apressamos a nos separar. Pelo retrovisor lateral, eu a vi parada me observando ir embora dali.

34

Já aconteceu comigo no passado de querer um homem sentado a meu lado no assento do trem por causa do calor do seu corpo ou do som de sua voz ao falar ao celular perto de mim, ou se ele estivesse na minha frente na fila do supermercado e eu o visse colocar na esteira rolante um pão simples, uma garrafa de vinho e um pedaço de queijo. Meír juntou, com as mãos largas espalmadas, as compras e as levou a uma sacola de lona que trouxera. As mãos dele pareciam secas e quentes, eu soube como seria o cheiro quando ele cobrisse meu rosto com elas, e eu queria isso. Aproximei-me dele, inalei um leve cheiro de lã e amaciante de roupa, quase o toquei. O vinho, o queijo e o cabelo, que estava um pouco grisalho nas têmporas, transmitiam uma maturidade descontraída, autoconsciente, e um grau de tranquilidade financeira, e eu o quis imediatamente, mas ele não olhou para trás nem uma vez sequer, apenas devolveu a carteira ao bolso, pegou a sacola de lona e foi embora. Eu tive que esperar pela próxima vez que o visse.

Tínhamos morado juntos por vinte e dois anos, e, depois que ele morreu e Lea viajou novamente, tive dificuldade de voltar a trabalhar.

Depois das horas no estúdio, eu me trancava em casa. Sempre fui cuidadosa quando se trata de relacionamentos com os vizinhos, eu ficava especialmente apreensiva com aqueles excessivamente gentis, aqueles cuja cordialidade me era imposta em todos os encontros na escada. Certa vez, li sobre um casal de aposentados cujo sonho era se mudar da cidade grande para uma casa isolada e poder levar uma vida de paz e sossego, e sobre como ficaram felizes quando se mudaram para uma casa dessas, que ficava ao lado de outra casa, apenas uma... Até perceberem que o novo vizinho estava determinado a visitá-los diariamente.

Na maioria dos dias, eu corria do estúdio de volta para casa. Estava exausta de gente, e, ainda assim, queria ver pessoas. Queria vê-las sem ouvi-las, fazer-me de surda um pouco para elas, como minha mãe ficara, e, quando eu soube que uma funcionária da biblioteca de ciências na universidade estava prestes a se aposentar, me candidatei ao cargo. Fiquei aliviada. Na biblioteca, um silêncio absoluto era instituído, e, se ainda assim alguém falasse, era aos sussurros.

35

Amei Meír por muitos anos e, se ele não tivesse morrido, eu teria continuado casada, não me separaria. Eu sabia de que me lembrar e busquei na memória tudo sobre como nos apaixonamos, quem de nós queria o quê, e, se houvesse discrepâncias entre as minhas lembranças e as dele, eu não fazia concessões.

Não o vi mais no supermercado. Eu o vi no refeitório da universidade e o reconheci de costas, parado ao balcão, e corri para me sentar a uma das mesas. Poucos comiam lá, a maioria dos clientes recebia o que tinha pedido em sacos de papel e saía apressada. Esperei que ele pegasse o que tinha pedido e fosse embora; achei que eu iria me concentrar no jornal que tinha trazido comigo e ele iria desaparecer. Meír olhou ao redor da cantina e sentou-se a uma mesa próxima. Sorrimos um para o outro. Eu não conseguiria ficar sentada lá sem olhar para ele repetidamente, então me levantei e saí.

Quando Meír apareceu no estúdio, algumas semanas depois, fiquei surpresa, como se ele tivesse ouvido de longe as batidas do meu coração e partido em busca delas.

Olhei para o formulário do pedido.

"Professor Driman?"

De vez em quando aparecia um professor ou outro no estúdio para pedir que fizéssemos correções no trabalho que tinha nos passado, e então podíamos associar rostos a nomes. Eles, por sua vez, também faziam questão de se interessar por nosso nome. Éramos um reflexo da força de atração.

Éramos as mulheres do estúdio, presas às camadas de fundo da vida acadêmica, nos debruçávamos sobre nossas mesas de luz como naves espaciais e, quando eles falavam conosco, prestávamos muita atenção. Meír Driman era muito calmo. Ele não era tímido, mas transmitia uma sensação de estar voltado para si mesmo. Era dezesseis anos mais velho que eu, e imediatamente quis ir para a cama com ele e acordar em seu apartamento abarrotado de livros, cuja aparência eu soube de imediato qual seria: roupa de cama antiquada, piso de granilite, aqueles aquecedores ruidosos de Jerusalém. Dois anos já haviam se passado desde que eu me trancara em casa por longas semanas sem conseguir sair — o morcego, cujas asas tinham projetado sua sombra sobre mim ainda na juventude, havia pousado por inteiro no meu coração, e, mesmo quando eu conseguia me levantar da cama, não tinha forças para tomar banho, me vestir, pentear o cabelo, comer. Saí da agência de publicidade em que trabalhava e me tranquei em casa. Duas das minhas amigas sabiam o que estava acontecendo e faziam questão de me visitar uma ou duas vezes por dia, para trazer mantimentos da mercearia (eu quase não me alimentava, só às vezes, à noite, tomava iogurte ou comia alguns biscoitos) e esvaziar a lata de lixo. Os remédios acabaram ajudando, eles alçaram o revestimento de feltro que abafa o som do piano.

 Quando me recuperei, dormi algumas vezes com um sujeito que eu conhecia desde o ensino médio, um mecânico de motos que não esperava nada de mim, não me pedia nada e era sempre generoso ao compartilhar comigo o estoque dele de álcool. Transei uma vez com o diretor de orçamento da agência de publicidade, que me ligou para perguntar em sua voz profunda por onde eu andava. Dormi com o vizinho do apartamento de cima, um estudante de física, que estava prestes a se mudar do prédio e veio me visitar. Foi na época em que comecei a trabalhar no estúdio de design gráfico na universidade. Recebi a mesa de luz do canto mais distante da porta de entrada, e, quando colocava os fones de ouvido, mal podia ouvir a música que sempre tocava lá em um velho toca-fitas.

Na noite daquele dia em que Meír apareceu no estúdio, ele me ligou e, se eu não estivesse interessada nele, nós dois ficaríamos constrangidos, mas eu estava muito interessada, então, assim que nos conhecemos, achei importante que ele soubesse tudo sobre mim. Contei sobre a morte do meu pai quando eu tinha 14 anos, os demorados anos da adolescência, os meses de depressão, os remédios. Contei a ele coisas que jamais revelaria quando menina ou adolescente, mas que, adulta, dei grande destaque; elas se tornaram partes cruciais para as minhas histórias. Eu me senti bem. Fazia anos que não me sentia tão bem. Conversamos sobre filhos. Eu disse a Meír que, quando eu viesse a ter uma menina, ela saberia dizer sim, isso não seria um problema. Não era essa a minha preocupação, e sim a de que ela não soubesse dizer não. É isso que é necessário ensinar a meninas, disse, e é isso o que farei com ela. E Meír falou, hoje isso é diferente, o mundo é diferente, sua filha vai crescer em um mundo novo que nem você nem eu podemos imaginar em absoluto, e balancei a cabeça e disse, e, ainda assim, ainda assim, a facilidade com que meninas são empurradas para serem mulheres, enfatizei o serem mulheres... isso jamais mudará.

Tivemos Lea. Era uma daquelas meninas infinitamente amadas pelos pais e só um pouco menos pelo restante do mundo, e chegou a hora em que me pareceu que ela se ressentia dessa diferença. Talvez ela não se achasse bonita. Contudo, para mim e para o pai, ela era a garota mais bonita do mundo e o amor de nossa vida.

36

Eu entendi quem Meír era, sim. Houve um breve casamento no passado dele, sobre o qual me contou fazendo pouco-caso. Um ano sabático na Sorbonne, uma garota chamada Dorit, filha de israelenses que emigraram para a França quando ela tinha 6 anos, uma cerimônia modesta no prédio da prefeitura na presença de alguns amigos parisienses da noiva (que a chamavam de Dorine), um esforço para ele se ajeitar em uma vida normal aos 40 anos. Eles planejaram morar nos dois países. Cinco meses depois, foram necessárias só algumas manhãs preenchendo formulários para dissolver o contrato de casamento, e Meír retornou a Israel. Nos dois anos seguintes, esteve com outras mulheres, e, quando estava com 43 anos, apaixonou-se por uma orientanda de doutorado, que engravidou dele. Michaela. Ele a mencionou de tempos em tempos ao longo de nossos anos juntos. A gravidez chegou ao fim por conta própria pouco tempo depois, assim ele contou, e eu deduzi por sua voz que, em resumo, ele escapara dessa história por um triz.

Até ela nascer, Meír poderia ter levado a vida sem Lea. Não queria filhos. Nada do que via ao redor o convenceu da necessidade deles. Não dava atenção a crianças, nem na rua nem em fotos nem em casas de amigos, crianças não o conquistavam. Ele trabalhava muitas horas todos os dias, lecionava para estudantes de mestrado, orientava alunos de doutorado, mergulhava em pesquisas por meses e anos e era dedicado à vida exatamente tal como ela era. Entretanto, quando Lea nasceu, Meír se apaixonou pela filha imediatamente e a amou com todas as forças, e, quando ela nos deixou aos 18 anos e não retornou, ele enfraqueceu até adoecer.

Ele estava com 46 no verão em que o vi no supermercado e, alguns meses depois, apareceu no estúdio, e desde então não nos separamos. Contudo, havia vezes que eu saía de casa aos prantos, entrava no carro, dava partida e rodava pelas ruas da cidade por meia hora, uma hora, duas horas, até que ele ligasse para mim e, com palavras suaves, me puxasse de volta.

Quando já estava muito doente, Meír sofreu bastante com o frio, mas não podíamos sufocar com as janelas fechadas o dia inteiro e, à noite, eu o cobria com três cobertores, abria as janelas e me deitava ao lado dele no escuro. Conversávamos um pouco. Ele estava cansado e fraco, e eu também. Ainda assim, certa noite me disse: "Achei que teria que internar você num hospital depois que deu à luz."
Escutei sem respirar. Os meses de gravidez de Lea foram marcados por um pavor que brotou de dentro de mim mesma: a coisa que crescia dentro de mim e formava-se a partir da minha carne também estava completamente vedada e me escravizou.
"Eu vi como você estava se esforçando para aguentar", continuou Meír. "Sabia que você estava usando todas as suas forças. Eu me lembro de pensar: ela vai dar à luz e vai desmoronar por completo. Nunca será capaz de criar alguém. Achei que, depois do nascimento, eu teria que cuidar sozinho do bebê e de você também."
Doeu-me a maneira como ele me contou isso. As palavras que escolheu.
"Você estava completamente fora de si", disse ele. "Mas, então, Lea nasceu e aconteceu um milagre. Ela nasceu... e você voltou. Em um instante, voltou a ser quem era antes. Você a amava tanto e cuidou dela, tudo era simples. Não acreditei. Levou meses para que eu conseguisse acreditar naquilo."
Pela maneira como respirava quando falava, eu sabia que ele estava sofrendo. Eu o ajudei a se virar de lado para aliviar a dor, ele fechou os olhos e adormeceu. Saí de lá, e depois de algum tempo voltei para fechar as janelas de novo.

37

Os primeiros amores de Lea são quedas livres. Ela despeja o amor na cabeça das crianças; o amor dela é impulso e massa e não há nada que desacelere o drama. Na verdade não há drama, pois sendo somente dela e sob controle, os amores de minha filha estão livres da incerteza. O amor é uma decisão, desprovido de trama e de maldades, não depende de nada nem de ninguém.

Durante o jardim de infância, ela é apaixonada por Yair, durante três anos consecutivos. Na primeira e na segunda séries e na metade da terceira, está apaixonada por Hagai. No ano seguinte, ingressa na turma um menino novo, Ávri, e Lea imediatamente se apaixona por ele.

"Ele é atlético", diz ela com um brilho nos olhos, e logo fica evidente que Ávri muitas vezes lhe entrega a bola na queimada. "Ele é fofo", comenta, "é simplesmente uma gracinha". Na escola, Lea pergunta se ele quer ser seu namorado e o garoto concorda, mas alguns dias depois ele entrega a ela um bilhete na classe: "Temos que terminar."

Ela escreve de volta para ele: "Por quê?" E, quando a resposta chega, ela lhe manda um desenho de uma flor e três palavras: "Não se preocupe."

Lea me conta tudo isso em casa quando volta da escola e eu me sento ao lado dela. Devo abraçá-la? O que dizer? Faço um cafuné na sua cabeça.

"Ele me escreveu que estava confuso."

"Confuso?"

"Confuso e cansado."

"Confuso e cansado?! Ele escreveu que estava confuso e cansado??"

"Ele escreveu 'confuso e cançado'. Ele escreve errado, mas eu posso ajudar."

"Lea..."

Ela dá de ombros. "Tanto faz, não me importo. Eu gosto dele e quero ser sua namorada."

Isso continua. Quando Ávri não responde às tentativas de Lea de falar com ele, ela fica chateada, mas não zangada nem ofendida. Devo ficar impressionada ou apreensiva? É emocionante ou desanimador? No mundo da minha filha, não existe dar e receber no amor, nada é contabilizado, não há recompensa nem limite. Meír também faz o melhor que pode, com conversas tranquilas, comentários suaves — não a fim de detê-la, não querendo arruinar a natureza amorosa que apenas flui dela, mas moderá-la um pouco.

"Está tudo bem, papai", tranquiliza-o Lea. "Não precisa se preocupar."

Durante as férias de verão daquele ano, Ávri se muda com a família para outra cidade, e no ano letivo seguinte, por muitos meses, Lea está mais quieta do que de costume. Ela se destaca em todas as matérias. Fica fascinada pelas histórias da Bíblia, e eu, que nunca consegui prestar atenção nelas, fico encantada ao ouvi-las da boca de minha filha. Os dias passam. Ávri foi esquecido.

Contudo, pouco antes de Pessach, ela volta para casa diferente, novamente uma menina, infantil, e me conta, animada, a história do sacrifício de Isaque. A princípio, parece que a história foi suavizada — a professora de estudos bíblicos agiu como um amortecedor e focou a conversa em torno do poder da fé e da devoção —, e mesmo assim, a fim de ter certeza daquilo que lhe escapa sem ela saber como chamá-lo e se de fato não tem nome e é desprovido de concretude, Lea

me conta a história toda. Descarrega-se dela e a despeja aos meus pés com um baque.
"É uma história incrível", elogia.
"Para mim, ela é espantosa", digo.
Ela me olha com atenção. A história é incrível, mas de que forma?
"Abraão me surpreende", declaro.
Ela não se contém. "Deus o colocou em uma situação impossível", diz rapidamente. Estas são palavras que lhe foram confiadas pela professora, então, sim, elas devem ser retransmitidas, e é o que acontece. "Deus o colocou em um dilema terrível", insiste Lea.
"Dilema?" Minha voz soa muito alta em meus ouvidos. "Não há nenhum dilema aqui."
"Não, não, não. Ele viveu em tempos passados, mamãe. As pessoas pensavam que o mar é um Deus, que o vento é Deus, que o sol, o céu, as estrelas... tudo era Deus. Elas não sabiam. Elas acreditaram e sentiram medo."
"E isso importa?", pergunto a ela, e gostaria de não ter perguntado. Logo insisto: "Não importa. O pedido de Deus a Abraão só tem uma resposta possível: nunca. Você nunca terá meu filho. Nem em um milhão de anos, nem se você me matar ali mesmo, mesmo se você incendiar o mundo todo. Eu diria a Deus, o que quer que você faça, você não receberá meu filho de mim. Não de mim."
Os olhos de Lea se enchem de lágrimas.
"Não das minhas mãos", continuo, como se isso estivesse acima e além da especulação, como se eu fosse melhor que todos os outros, "jamais".
"E sabe de uma coisa?", diz Lea. "Deus aplaudiria você."
"Se houvesse um Deus e se ele tivesse mãos", completo.
Ela ri. "Ele aplaudiria você."

Sinto que a abandonei, que não compartilhei o fardo com ela, que, com minha determinação, eu a coloquei com Abraão de um lado, enquanto eu fiquei do outro.

38

Na noite anterior ao primeiro dia no ensino fundamental II, Lea tem dificuldade para adormecer. Antes disso, houve toda uma comoção quanto às roupas que vai usar. Ela escolhe uma saia de que eu não gosto, e quando digo "é só minha opinião, vista o que você quiser, o que lhe agrada", é tarde demais. Cai no choro. Ela se tranca no quarto por longos minutos e sai vestindo uma calça jeans preta e uma blusa da mesma cor. Para na minha frente, esperando meu veredicto. Digo que está linda. Simplesmente perfeita. E ela se pendura em mim em um abraço. "Me desculpe por eu estar assim", diz, "estou apenas agitada, vai passar logo".
Entretanto, durante todo aquele ano, Lea esteve à procura de defeitos no próprio corpo. Uma leve mancha na pálpebra. Poros dilatados no queixo. A ligeira inclinação do nariz para a esquerda. Tudo isso preenche o seu reflexo no espelho e ela mostra cada imperfeição para mim com preocupação.
"É um caso perdido", comento. "Dá para lidar com a mancha e os poros, mas o nariz? Não vejo solução para isso."
"Chega, mamãe."
"Estou falando sério. Devo começar a reunir informações sobre como se vai para um convento?"
"Você não está levando a sério, e isso é irritante."
"Isso não vai ser um problema, já que no convento você não terá que me ver muito."
"Pare com isso!"
"Eu devo parar com isso? Eu???"
"É."
"Linda e boba."

"Você é tão irritante."
O abraço dela, no entanto, é de gratidão.

Naquele ano, havia um cantor britânico magro e taciturno que ela ouvia por horas nos fones de ouvido, além de acompanhar religiosamente na internet as fotos dele com as namoradas, que viviam mudando. Todas eram lindas para Lea, perfeitas, dignas de todo o amor. E havia um segundo rapaz, um apresentador magro e mal-humorado de um *game show* que ela costumava chamar de "Divino", e, após o muito alardeado casamento dele com a namorada, Lea decidiu cortar o cabelo como o da jovem — uma espécie de corte chanel com franja, que, para meu alívio, ainda agradou a nós duas na manhã seguinte. De vez em quando, ao ver casais jovens se abraçando na rua ou levando o cachorro para passear, ela se encolhia, piscando. "Ah, é isso mesmo que eu quero, mamãe. Exatamente assim." E isso era um passatempo, mas também a verdade, ela estava abrindo o coração, vulnerável para o mundo. "É tão fofo, mamãe. Olhe, existe algo mais fofo do que isso? Não existe. Eu quero um namorado. Será que vou ter um? Vamos nos beijar e passear com o cachorro dele. E vamos nos sentar nos pufes do meu quarto e rir de tudo. Você acha que eu vou ser assim com um garoto? Que vamos nos sentar e ficar rindo das coisas? Não se preocupe, não vamos transar. Só mais tarde. Quero um namorado e um cachorro. E um carro. E uma carteira de motorista. Isso vai acontecer? Já planejei tudo."

Eu adorava olhar para as mãos dela, os dedos delicados sempre muito frios, que eu punha entre as palmas das mãos para aquecê-los, os braços finos em que ela passara a anotar lembretes com caneta azul e desenhava olhos e lábios e lábios e olhos (pare de desenhar em si mesma, dizia eu a ela, pegue papéis, pegue blocos de notas, eu compro o que você precisar, não desenhe em si mesma), o corpo esbelto que de repente se movia num ritmo que ela ouvia na cabeça e crescia em seu interior — música em movimento que lhe emoldurou a juventude e pregou peças em mim.

"Eu planejei tudo", disse ela. "Escute só."

Ela havia planejado tudo: quais dos meninos da classe aceitaria se lhe pedissem em namoro e quais ela rejeitaria (havia dois deles, decidiu, de quem ela gostava de um jeito especial).

Lea planejou aonde iriam juntos, o que fariam e sobre o que falariam.

Planejou quando se beijariam.

A imaginação dela era um recorte de momentos de séries de televisão, e ela me contou tudo. Não estou exagerando. Ela me contou tudo.

Como as mãos deles se encontrariam no pote de pipoca no cinema escuro.

Como tomariam chocolate quente num café em um dia frio (vista externa: os vidros das janelas estariam embaçados).

Como iriam se deitar no tapete do quarto dela ("Espere aí! Problema grave! Eu não tenho tapete. Preciso de um tapete!"). Ou no quarto dele, e eles leriam um para o outro citações engraçadas que encontraram na internet e fariam uma pizza juntos (farinha na testa e na ponta do nariz).

Ela planejou as partidas de *scrabble*, os passeios com o cachorro sob uma chuva torrencial e a volta apressada para casa a fim de tomar chá quente e comer biscoitos. O cachorro era muito importante. Era obrigatório.

Ela era inocente e doce e se ofereceu ao mundo sem quaisquer comedimentos.

"Você é tão louca", dizia eu, abraçando-a. "Sua pequena carente de intimidade. Seu namorado será um menino de sorte. Ele será o cara mais sortudo de todos os sortudos do mundo."

39

Na oitava série, eles se lembram de repente. Recebemos um informativo da escola sobre uma série de palestras para pais: "Conselhos sobre comportamento sexual saudável para adolescentes", "Sexo e sexualidade: como conversar com adolescentes", "Sexo e a internet". Os palestrantes são todos acadêmicos, pois eles são muito cuidadosos com isso naquela escola, reparo ao longo dos anos, eles têm medo de guias espirituais lá, só a ciência os convence. Mas já tive essa conversa com Lea. Um ano antes, havia me certificado de que minha filha soubesse tudo que poderia ser útil para ela, eu a sentei diante de uma série norueguesa de educação sexual para adolescentes que encontrei na internet, alguns vídeos curtos com legendas em inglês, uma série na qual mostraram tudo e não se desculparam por nada. Gostei da abordagem deles. Mostraram um pau de perto, flácido e também ereto. Explicaram como funciona o pênis, o comportamento dos vasos sanguíneos. Explicaram como, onde e quando os pelos crescem em torno dele e os testículos se enchem, e o que é poluição noturna. No capítulo sobre o corpo das adolescentes, detiveram-se em cada orifício, nos seios, nos vários padrões que os pelos do corpo desenharão sobre a pele. Eu me sentei ao lado de Lea, traduzi as legendas quando havia algo que ela não entendia. Olha, disse eu, vamos ver isso juntas, e depois, se você ainda tiver dúvidas, pergunte. Eu disse a ela, se você se sente envergonhada, tudo bem, eu também estou um pouco envergonhada, mas é tudo verdade, esses são fatos da vida e é importante conhecê-los.

"Fatos da vida?", perguntou ela.

"É isso mesmo."
"Literalmente?"
"É, Lea Driman, literalmente."
"Ok, só quis confirmar."
Eu não aguentaria se ocorresse de outra forma. Fiquei horrorizada com a aleatoriedade na qual ela poderia ver um pau pela primeira vez na vida. Em pornografia on-line. Ou na mão imunda de um masturbador na rua. Ou por meio de um pervertido num ônibus que iria se esfregar nela por trás e, quando ela virasse e olhasse para baixo para entender, poderia por um momento chegar até a pensar que deveria pedir desculpa. Pensei em possibilidades ainda piores do que essas, toda a história da vergonha feminina e suas calamidades. Não, não. Essas coisas não aconteceriam. Eu não aceitaria isso.
Ela riu muito diante da tela e disse: "Oh my God", "Misericórdia", "Socorro". E eu ri também. Nos close-ups do pau, ela disse: "Informação demais. Informação demais." Nos closes da vulva, ela disse: "Medonho."
Eu disse: "Lêike, a vulva é a abertura para toda a criação, a vulva é a natureza em sua forma mais bela." Ela deu de ombros e falou: "Hã, hã. Eu não penso assim. Ela não... Ela parece uma zona. Sinto muito." Rimos de novo. Ela ficou satisfeita. Estava com 12 anos e agora entendia as coisas. Dos anos da minha adolescência, eu me lembrava bem da nebulosidade que envolvia o assunto "sexo", não havia vantagem alguma nisso, e fiquei feliz por termos elucidado tudo.
Fui às palestras para as quais fui convidada na escola um ano depois, só por precaução mesmo. Na última, sentei-me no auditório acima da mãe de Arza, que repetidamente ajeitava com grande habilidade a cabeleira, como que de modo casual, as pernas cruzadas e os pés em delicadas sandálias douradas, e ela registrou em um caderno notas sobre os slides

projetados na tela grande. Linhas gerais do que tratar, lembretes sobre questões que deveríamos abordar com urgência em casa. O palestrante nos assustou tanto, verificou-se que a internet está tomando conta de todos os aspectos da vida de nossos filhos, que negligenciamos isso por muito tempo e talvez já não possamos mais remediar a situação. Que talvez tenhamos reagido tarde demais. Olhei em volta. Mais pais faziam anotações sem parar. Eu também tirei papel e caneta da bolsa, mas não escrevi. Fiz alguns rabiscos. Parei de prestar atenção.

40

Ouço a respeito de Denis ainda no primeiro dia do ensino médio de Lea. Ele é um dos alunos que minha filha não conhece do fundamental II, mas Arza, que cantou com ele uma vez no coral, conhece-o e não é grande fã. "Arza diz que ele é um cabeça de vento", diz Lea. "E ele não falou com ninguém o dia todo. Nem uma palavra sequer! E no intervalo pegou um caderno e ficou desenhando. Muito esquisito, ele."

Na foto de perfil no Facebook, vejo um rapaz de cabelos claros, ondulados e compridos, uma criatura linda, com um ar contemplativo e distante. Quando Lea me pergunta "E aí? E aí? E aí?", respondo que a imagem é muito pequena e é difícil formar uma opinião. Quero ter uma margem de manobra para o que vier e, no futuro, se necessário, eu o admirarei.

Lea, porém, coloca a mão na foto e depois a leva ao coração: "Estou apaixonada."

Reajo com a expressão apropriada. "Para uma garota inteligente, você é às vezes meio burra", digo.

Ela se joga no sofá imitando um desmaio.

Eu a deixo em paz. Nos próximos meses, serei um público solidário às suas performances de apaixonada. Tento estar em casa quando ela chega da escola e desata a contar histórias, que sempre envolvem Denis — os olhos voltados para o céu, uma aterrissagem dramática numa cadeira da cozinha. "Ele é tão fofo, mamãe. Não tem como descrever a fofura." Depois ela imita o jeito como ele passa a mão pelo cabelo quando está pensando e o jeito que mordisca o lábio inferior. "Estou louquinha por ele", diz ela, "louquinha".

À noite, na cama, digo a Meír, ela está exagerando, ela está indo longe demais.

E Meír diz, não é nada, ela está apenas experimentando algo, você conhece a sua filha, ela está apaixonada pela ideia de se apaixonar. Contudo, na primeira reunião de pais naquele ano letivo, ele vai comigo e presta muita atenção à rodada de apresentações. Os pais de Denis são um casal bonito mas sério, e os dois são mais velhos que os outros pais. De pele muito clara. E não são daqui. São russos. A mãe olha para o celular o tempo todo e, no fim da reunião, o pai recebe um telefonema. Pede desculpas e sai da sala.

"Bons genes", provoca-me Meír no caminho de volta para casa. "Se depender de mim, pode fechar contrato com um salão de festas para o casamento."

"Muito engraçado", retruco, "hilário".

"Eu sempre quis uma consogra sexy."

"Ah, cale a boca."

De repente, já passamos de Simchat Torá e o ano está a todo vapor. O horário de verão está chegando ao fim e as horas passadas na escola se estendem. Lea volta para casa às cinco, às vezes às seis. Duas vezes por semana, vai da escola direto para a piscina, e então volta às oito, de banho tomado, o cabelo molhado e com os olhos vermelhos, uma vez que, como eu, ela é sensível ao cloro. Quando estendo a mão para as bochechas congeladas dela e peço que, pelo menos, use um chapéu no caminho de volta para casa, ela me dispensa com um sorriso. "Está tudo bem, mamãe. Estou morrendo de fome, concentre-se nisso."

Em dias como esses, não tenho motivos para correr para casa depois do trabalho, e então às vezes vou ao escritório de Meír. Anos atrás, transamos na velha poltrona de lá, pensando que não havia ninguém no prédio, mas também não nos importávamos muito com isso, então uma das faxineiras abriu a porta, lançou-nos um olhar horrorizada e fugiu dali. Faço chá para nós dois na pequena cozinha do andar do escritório e dividimos um pastel que comprei no caminho do estúdio até lá. Nos últimos anos, paramos quase totalmente de comprar bobagens na padaria, nos permitimos uma vez por semana no máximo. "Que comam brioche", brinco enquanto sirvo o pedaço de Meír, e ele sorri. Contudo, depois que bebemos o chá e conversamos um pouco, sei que é melhor eu ir, ele está ficando impaciente.

Sozinha em casa, aguardo ansiosa pelo retorno de Lea e Meír, como se, ao entrarem em casa, pudessem me flagrar fazendo não sei o quê. Tenho medo de adormecer no sofá, de me encontrarem dormindo, por isso estou sempre de pé, arrumando a casa, lavando a louça, limpando, arrumando os armários. A possibilidade que começou a se tecer no meu interior como uma espécie de jogo domina meus pensamentos. Tenho saudade do início da maternidade e a procuro.

Tente, pede o dr. Schonfeler. Basta começar, com palavras simples. Ele pede que eu lhe conte sobre os relacionamentos significativos da minha vida atual, laços significativos sempre o interessaram. Em outras ocasiões, achava irritante o tom de serenidade simpática da voz dele, ficava envergonhada pelo tom terapêutico, ao passo que agora lhe conto voluntariamente. "Tive medo de não gostar da minha filha", admito, "que eu me enxergasse nela o tempo todo".

Percebe-se que o dr. Schonfeler não está satisfeito. Ele quer chegar ao cerne, à fonte de onde brota. Abro a boca para me aprofundar no assunto, mas ele me interrompe.

"Você estava com medo da irreversibilidade daquilo?", pergunta ele.

Não tenho certeza se entendi o que ele quis dizer.

"Nasceu uma criança", continua o dr. Schonfeler, "e não há como voltar atrás. É impossível cancelar uma criança, é algo para a vida toda".

"Ah", engulo em seco, "não, não. O oposto. Eu tinha medo da reversibilidade. Eu tinha medo da reversibilidade".

Conversamos um pouco. O dr. Schonfeler está impressionado por eu ter aprendido a falar abertamente sobre meus problemas. Desde que me sentei pela primeira vez diante dele nesta sala, passaram-se dezesseis anos, é difícil lembrar quem éramos então... Afinal, a vida nos altera totalmente e, ainda assim, todas as vezes que o procurei senti uma confiança nele como se ele me conhecesse. Naquela primeira sessão, uma amiga me levou e esperou do lado de fora, no carro, a fim de me levar para casa quando terminasse. Eu estava com medo de sair de casa, com medo de entrar no carro, com medo de sair dele, com medo de entrar na clínica. Uma vez ali dentro, afundei numa poltrona na sala de terapia e prendi a respiração como se estivesse debaixo d'água. O dr. Schonfeler sempre manteve as luzes baixas e a fala abafada dos psiquiatras.

Ele fez algumas perguntas e recomendou começar de prontidão com dois tipos de medicamento, um para alívio imediato e outro focado mais no longo prazo. Pediu que eu aguentasse firme, me lembro muito bem disso. Falou, aguente firme hoje e amanhã. Então aguente firme mais um dia. E depois mais um dia. E semana que vem já será melhor. Ele não estava particularmente interessado nas circunstâncias que me levaram a esse ponto. O núcleo da história é sempre o mesmo, comentou ele, o enredo é secundário. E mesmo assim eu lhe contei, porque para mim parecia que a história era de suma importância: um caso com um dos meus comandantes no Exército, que começou pouco depois que me alistei e durou oito anos. Casado, pai de três filhos, você sabe que você é tudo para mim. Depois, um ano de repetidas separações. Um colapso nervoso. Dez quilos a menos durante os quatro meses e três semanas em que não saí de casa de jeito nenhum. O dr. Schonfeler disse então: "No momento, não há muito o que falar. Em primeiro lugar, vamos estabilizar você." Ele se mexeu na cadeira, inquieto. Pareceu-me que apenas alguns minutos tinham se passado desde o momento em que cheguei, mas já havia sido mais de uma hora.

Após a consulta, minha amiga me trouxe para casa, sentou-se a meu lado e observou enquanto eu comia uma maçã diante dela. Bem devagar. O esforço para engolir foi extenuante. Uma semana depois, me senti melhor e duas semanas depois fui a uma consulta com o dr. Schonfeler sozinha, de táxi. Fiquei grata à minha amiga pela ajuda durante todas aquelas semanas, mas não quis mais a presença dela e rejeitei as suas visitas. Houve outra amiga que ia me ver de vez em quando naqueles tempos difíceis, e também me afastei dela. Virar uma nova página, acho que era isso que eu estava procurando. Dormi com alguns homens, eu ansiava por sair e voltar à minha vida. Comecei a trabalhar em um estúdio de design gráfico. Encontrei com minha mãe pela primeira vez em três meses e lhe pedi desculpa pelo longo sumiço. Desculpe, eu estava ocupada com o trabalho, falei, não tinha tempo nem para respirar.

Quando o dr. Schonfeler agora pergunta sobre os relacionamentos significativos da minha vida, ele se refere a com quem estou falando, para quem conto as coisas. Eu quero mais uma menina, digo a ele. Lea tem 13 anos, eu tenho 43, quero uma menina, mas entendo que pode vir um menino. Estou pronta para um menino também. Fiz os exames, ainda sou fértil. Na verdade, acrescento, fui consultá-lo para que ele me dissesse se uma nova gravidez poderia provocar uma nova crise psicológica. Quando eu estava grávida de Lea, cheguei ao fundo do poço, nunca estive tão mal. Por isso, agora, quase catorze anos depois, ainda me sinto apavorada. Mas estou disposta a lidar com isso, eu garanto. Só quero me preparar direito. Quer dizer, o que será de Lea? Se eu engravidar e tiver uma nova crise, o que Lea poderá fazer? Como isso a afetará?

"E quanto a Meír?", pergunta o dr. Schonfeler.

"Meír?"

"O que Meír pensa sobre dar esse passo?"

"Ainda não conversei com ele", respondo. "Queria falar com você antes."

"E você pretende discutir esse assunto com ele?", pergunta o dr. Schonfeler.

Como já mencionei, o tempo nos transforma com o passar dos anos, porém, ainda assim, o dr. Schonfeler me conhece mais do que qualquer outra pessoa.

"Lógico", afirmo, "que pergunta".

Algum tempo depois, paro de tomar o anticoncepcional. Quando conto a Meír sobre a menstruação atrasada e os resultados do teste caseiro de gravidez que fiz, identifico no olhar dele tudo que preciso saber. Espero só mais um dia e marco uma consulta numa clínica particular para a semana seguinte. O lugar é bem limpo e o médico, extremamente cordial. Na noite seguinte ao aborto, eu me tranco no banheiro. Para simular que chorei, belisquei o rosto e dei tapinhas nas bochechas com as mãos molhadas. Dou a descarga no vaso sanitário, espero um longo minuto e dou uma nova descarga. Quando saio, Meír logo pergunta o que aconteceu e eu lhe explico. Sei exatamente o que dizer, li tudo sobre o assunto. Sangramento forte, digo, cólicas intensas à tarde, e agora isso. Não teremos outro bebê, declaro, e ele me abraça por longos minutos.

Houve um incidente antes, eu me lembro, bem no comecinho. Eu tinha 9 ou 10 anos, estava sentada na aula tremendo, algo dera errado e de repente eu estava na enfermaria e meu pai apareceu para me buscar. Em casa, minha mãe esperava por nós, e então veio alguém, um médico. Mas ele só queria conversar, fazer algumas perguntas. Depois, faltei à escola, não me lembro exatamente quantos dias de aula perdi. A professora ligava regularmente, todos os dias, e falava ao telefone com minha mãe. Comecei a tomar remédios que minha mãe chamava de cápsulas. Ela não ignorava as coisas, ela lhes dava nomes evasivos. Todas as manhãs, minhas cápsulas me esperavam num pires na cozinha. Não me lembro quando parei de tomá-las e como isso foi decidido. Voltei a ser uma garota normal e não tive mais problemas. De vez em quando, eu ainda acordava inundada por um sentimento que não era horror nem culpa, uma mancha de tinta se dispersando na água da minha mente, mas logo depois tudo passava. Talvez eu não tivesse entendido a importância da minha infância, ou a compreendi e fiz questão de levar comigo apenas o que pudesse me beneficiar, porque eis que esqueci tudo isso por anos, talvez até este momento.

41

Minha vizinha Ora bateu à porta. Ela esteve ausente por duas semanas, fez uma viagem organizada por uma agência de turismo para a Europa, de repente não me lembrava muito bem para onde. França, Holanda, talvez Bélgica. Estava com uma ótima aparência, radiante com um novo corte de cabelo. Ela disse, prepare-me um café, você não vai acreditar na história que tenho para contar.

Eu não gostava quando Ora ficava agitada assim. Ela falava muito alto. Apesar disso, eu queria ouvir. Desde a morte de Meír, nós tínhamos nos aproximado. Não era bem uma amizade, eu evitava isso. A essa altura, eu já tinha cortado a maioria dos laços, não queria contar a ninguém sobre Lea. Que ela me evita, que nos últimos anos eu só liguei para ela quando pude suportar a frieza em sua voz. Eu tinha vergonha disso, não queria ser questionada e ter que explicar, mas, agora que me sentei com Ora, fiquei feliz por ela ter vindo.

Foi uma ótima viagem, começou Ora. Um bom grupo, todos sempre chegavam na hora, exceto um, viúvo, nem era tão velho. Rafael. Rafi. Muito irritante. Nas viagens, sempre insistia em sentar-se à janela, alegando que ficava enjoado. O guia também foi excelente. Só explicava muito, eles sempre explicam demais, quanta informação as pessoas conseguem absorver? Mas legal, ele era de Haifa. Estudou no Technion. E o que aconteceu foi em Groningen — uma cidade fofa, fofinha, toda a Holanda é fofa —, eles visitaram o Museu Marítimo de Groningen e depois tiveram direito a meia hora para um passeio livre, e passado esse tempo todos já haviam retornado ao ônibus, exceto Rafi, e eles ficaram esperando.

Esperamos Rafi. A história da vida de todos nós. E ela, Ora, acomodada no assento, olhou pela janela. Duas meninas bonitas estavam sentadas junto a uma fonte, e ela pensou consigo mesma, que lindas meninas, onde está a mãe delas? Então viu a mãe sentada em um banco não muito distante, observando-as. "Eu olhei para ela", contou, "e forcei a vista, não pude acreditar".

Apertei com mais força a caneca de café. Nos últimos meses, eu tinha falado com Lea apenas uma vez. Estava na Tailândia, disse ela, em uma pequena fazenda orgânica onde tinha encontrado trabalho. Cozinha, principalmente; às vezes, faz a faxina. Não lhe fiz perguntas, deixei-a falar, não queria encontrar falhas na história dela. Então tentei levar a xícara aos lábios, mas minhas mãos tremiam. Ora não tinha filhos. Ela não tinha carteira de motorista. Ela não compartilhou a vida com ninguém. Evitar falar disso, daquilo e daquilo outro... tudo isso estava relacionado entre si, tinha raízes na mesma disfunção.

"Pensei que estava ficando louca", continuou Ora com a história, "então olhei para ela. Lea? A Lea da Yoela? O que ela está fazendo aqui? Não pode ser. Seria Lea?! Tão parecida com ela, sua sósia! Eu me levantei e disse ao motorista que esperasse um momento, esperem por mim, desci do ônibus e fui na direção delas, sem saber por quê, no que eu estava pensando. Talvez, pensei, quem sabe eu a fotografe para Yoela? Yoela tem que ver isso, ela tem que ver".

Ora parou por um momento, ficou sem ar de tão animada. Sempre senti pena dela. Pensava, é fácil perturbar pessoas solitárias. Quem é responsável por elas a portas fechadas? Quem as vê quando se retiram para a privacidade de suas casas? Eu não queria pecar contra ela, só não gostava dela.

"Elas estavam a duzentos metros de mim", retomou Ora. "Eu não sabia o que fazer. É a Lea? Mas Lea está na Índia, na Tailândia, não lembro, ela está em todos os tipos de lugar, como está aqui? Eu não sabia se deveria acenar para ela, talvez chamá-la? Ela devia estar pensando que eu era uma louca. Acenei. Ela não acenou de volta. Eu queria gritar, 'Lea! Lea!', mas não me pareceu uma boa ideia, não era ela, não podia ser. Mas era uma sósia idêntica a ela! Então Rafi de repente veio correndo, e o motorista me chamou de volta, e a mulher, Lea, se aproximou das meninas, deu as mãos a elas e as três começaram a andar. Lamentei por não ter fotografado. Você não ia acreditar, Yoela. Era a Lea. Tudo igualzinho a Lea."

Eu sorrio, consigo fazer isso. Então digo: "Que história!"

Não conseguirei contar sobre os próximos dias. Contarei que, agora que sabia onde procurar minha filha, encontrei-a facilmente. Ela estava morando em Groningen, tinha se casado com Johan Dappersma. Tinham duas filhas, Lotte e Sane. Ainda demorariam alguns meses até eu encontrar fotos de Lotte on-line. Vou achar uma foto de Johan. Vou encontrar uma foto das duas meninas juntas. Vou encontrar um vídeo de onze segundos do aniversário de Sane. E Lea vai aparecer no vídeo.

Desde o dia em que passei a trabalhar na biblioteca, tive o cuidado de não estabelecer contato visual, ainda mais com aqueles sedentos por conversa. Contudo, na vez seguinte que Art foi ao balcão de empréstimos para pegar os livros que havia encomendado, eu sorri de volta para ele. Já o tinha notado antes e sabia que, de vez em quando, ele pedia livros em alemão e holandês. Eu queria viajar à Holanda, já tinha decidido ir, mas não podia simplesmente fazer isso. Não inteiramente sozinha. Eu precisava dele. Queria que alguém me esperasse aqui quando eu voltasse.

Naquela época, nas longas noites sozinha em casa, sem Meír e sem Lea, fiquei procurando maneiras de refazer nossos passos. Na caixa de entrada do meu e-mail, deparei-me com alguns vídeos curtinhos que eu tinha enviado para mim mesma anos atrás — a lembrança repentina da existência deles me provocou uma forte sensação de urgência, e eu os procurei todos. Os vídeos apareceram sem som. Algo deu errado ao longo dos anos, mas tudo o mais ainda estava lá. A perseguição, Lea engatinhando pela sala, a bundinha inflada por uma fralda enorme, e Meír engatinhando atrás. Ela para sem fôlego, senta-se por um momento, olha para trás e segue em frente num pânico que também é um prazer. O pai pega a filha e, juntos, eles rolam no tapete, e a boca de Lea se abre em uma risada. Em outro vídeo, ela está sentada em um cesto de roupa suja, experimentando botar uma calcinha na cabeça, e no vídeo seguinte, já com 7 anos, ela ganha os primeiros óculos. Eu os entrego — peguei-os na ótica na volta do trabalho para casa — e ela os coloca com cuidado, depois ergue o olhar para mim e a boca se abre de espanto.

Às vezes cozinhávamos juntas. Eu levava uma cadeira até o meu lado na cozinha e ela ficava ali, misturando ingredientes para o bolo ou cortando os legumes para uma salada com muito cuidado, e, se ainda assim se cortasse, tratávamos de tudo com calma. Lavar, antisséptico, curativo. Os curativos a deixaram orgulhosa, ela não concordava em tirá-los, mesmo quando ficaram pretos. Tenho fotos dela coberta de farinha. Fotos com bigode feito de massa. Em todos os retratos ela está rindo, caindo na gargalhada. Em alguns deles, Meír também aparece. Ele não olha para a câmera, mas sim para a filha, e o amor está estampado no rosto do meu marido. Numa foto que ainda está colada na geladeira, Lea está inclinada para a frente, as mãos levantadas no ar para se equilibrar e o rosto contorcido de alegria. São os primeiros passos dela sozinha, do engatinhar ao andar, as alturas inebriantes dos que andam sobre duas pernas. Os braços de Meír estão estendidos para ela. Olhei repetidas vezes essas fotos. Sem elas, teria sido difícil acreditar que Lea estava feliz. Que eu não inventei tudo aquilo. A quem eu poderia perguntar sobre nós? Meír morreu, Lea partiu. Para a minha mãe, eu não poderia perguntar em circunstância alguma. Todo mundo às vezes persegue as próprias lembranças e as deforma de acordo com as próprias necessidades — minha mãe, mais do que ninguém.

Eu assistia a esses vídeos e olhava as fotos todas as noites, e só me desconectava delas quando sentia os olhos começarem a arder. Eu me deitava no sofá da sala e seguia o fluxo da minha consciência. No verão em que estava com 4 anos, Lea resolveu cuidar de uma escova de dentes velha. Preparou para a escova um berço feito de uma caixa de plástico de queijo e a alimentava com uma mamadeira de vidro imunda dentro da qual um líquido cor de leite se movia para a frente e para trás e nunca terminava. Do que era feito esse leite de bonecas? Fiquei com nojo daquilo. Talvez eu estivesse com medo de a mamadeira se quebrar algum dia. Por fim, eu a joguei no lixo, e Lea a procurou incansavelmente até desistir. Ela não parava de consolar a escova de dentes. Agora eu estava deitada na sala pensando, por que a joguei fora? Fiz isso por ela, eu não conhecia outra maneira de lidar com a situação. Joguei fora sem pensar duas vezes, mas hoje eu me arrependo muito.

Ao refazer os passos de minha filha, percebi que, em todos aqueles anos nos quais ela esteve a meu lado, o tempo passou e triturou a memória que ele mesmo deixava. Quando Lea estava com 5 anos, fiquei espantada ao olhar fotos dela de quando estava com 3 anos. Quando estava com 7, tive dificuldade de me lembrar dela com 5. Quando estava com 10, o bebê que ela fora já havia desaparecido da minha mente por completo. Eu não lembrava com que idade Lea começou a andar, quando apareceu o primeiro dentinho, como se separou de Carmela, a boneca de pano esfarrapada que fedia a baba e a suor. Em contrapartida, enquanto eu não me recordava de nada, minha mãe se recordava de tudo, não só de Lea, mas de mim também. Ela disse: "Você sofreu muito com infecções nos ouvidos e nos olhos, e se resfriava ao menor sinal do começo do inverno." Uma vez, ela me contou: "A primeira palavra que você falou foi 'venha'". E, no entanto, apenas em algumas fotos antigas reconheço o amor dela por mim. Em uma delas, minha mãe e eu estamos juntas em uma esteira na grama, ela em um vestido sem mangas e os cabelos — que sempre ficavam presos num coque apertado de enfermeira —, soltos sobre os ombros. Na foto, é impossível negar sua juventude, e ela me apoia com as mãos para que eu consiga ficar de pé, me dirigindo um olhar que é quase encantamento, quase submissão. Ela me amava, a dificuldade estava no afeto. Mas histórias sobre mães e filhas são sempre contadas a partir do meio, e daí recuam até o ponto de partida, mesmo que não exista começo. O caminho é simples e tortuoso: o começo se afasta cada vez mais. Como o universo ou os números, não há começo.

    Certa noite, acordo em pânico. Meu corpo está em choque. No meu sonho, fiquei sabendo de novo sobre uma doença fatal que contraí, uma doença que já me tinha tomado de assalto no passado e a qual permiti que escapasse da minha memória.

Apenas uma vez em todos os nossos anos juntos depositei minha dor em Lea. Eu tinha a impressão de que Meír estava prestes a me abandonar e me recusei a dormir ao lado dele. À noite, eu ia para a cama de minha filha, que se virava para mim imediatamente, envolvendo-me no calor daquele corpo perfeito que nada exigia, apenas contribuía com carinhos. Nos braços de Meír eu sempre ficava inquieta, enquanto Lea, de 12 anos, me envolvia como se soubesse tudo sobre o toque humano e como me acalmar completamente. Naquela semana, adormeci com ela noite após noite, ela foi o remédio, sete noites seguidas. Superamos aquela situação. Eu nunca soube o que pôs fim ao caso, só sabia que era com uma aluna dele — talvez eu a tivesse visto no *campus*, de longe, sozinha, e sabido que era ela. Eu simplesmente sabia, como as pessoas costumam saber. Aquilo acabou e voltei a dormir na nossa cama.

No verão seguinte, engravidei. Eu tinha 43 anos e Meír, 59, e contei a ele com entusiasmo e apreensão. Não sabia o que estava prestes a encontrar nos olhos dele, até que de fato vi. Por isso, interrompi a gravidez. Não fiquei com raiva, na verdade fiquei aliviada. Na verdade, eu estava com raiva.

Se deixasse Meír, o que eu faria com Lea? Com quem eu a amaria? Os longos dias de trabalho dele, as viagens e os congressos, o amor tranquilo, paternal, quase médico, com que Meír me amou depois que nossa filha nasceu. Eu poderia continuar assim. Se não fosse com Meír, com quem eu falaria sobre Lea? Para quem eu enviaria fotos que tinha tirado dela? Compartilhado as frases engraçadas que ela disse? Somente Meír a amava como eu, se interessava por ela tanto quanto eu. Só nos olhos dele eu podia ver a luz se acender ao ouvir o nome dela. Eu não podia deixá-lo. Eu tinha Lea, sabia que não estaria sozinha, que com Lea nunca mais estaria sozinha, mas ainda assim eu precisava de Meír, que ele nos visse. Esta não era uma vida ruim, de modo algum, e combinava comigo.

42

Em um banco, no caminho de volta do trabalho, vejo um livro grosso sobre mulheres e loucura. Eu o pego e abro numa página aleatória. *Pintura após pintura, escultura após escultura no mundo cristão, há retratos de Madonas que se preocupam com o bem-estar dos filhos do sexo masculino e que os adoram.* Vejo a página seguinte. *As meninas,* leio, *as mulheres, são sistematicamente deixadas esfomeadas para as núpcias, de um modo literal: não para a vida de casadas, mas sim para a nutrição física e um legado de poder e humanidade de adultas de sua espécie.*

Nunca ouvi falar desse livro, que foi deixado no banco ao lado de uma chaleira elétrica e uma pilha de números antigos de uma renomada revista de psicologia. Eu pego o livro e uma das revistas, porém, depois de alguns passos, me arrependo e os devolvo. Eles têm um cheiro que me faz lembrar dos meses de gravidez, de poeira, temperos e gordura queimada. Entretanto, quando chego em casa, decido que à noite voltarei ao banco, e, se o livro ainda estiver lá, vou pegá-lo mesmo assim.

43

Perto do fim da décima série, somos convidados para um dia de pais e alunos na escola. Meír não poderá comparecer, ele estará num congresso na Alemanha, mas eu irei e ajudarei a arrumar as mesas. Cada família levará seu prato preferido. O nosso é a torta de cogumelos que aprendi a fazer com minha mãe. A atividade será realizada em grupos, me explica Lea. Quatro alunos e os respectivos pais em torno de cada mesa, quando leremos as páginas que nos serão distribuídas, falaremos sobre o texto e responderemos a perguntas. A comida ficará para o final.

A caminho da escola, Lea está quieta. Nos últimos meses, ela esteve mais quieta que o normal, então no momento não tenho um motivo especial para me preocupar. Quando nos preparamos para sair, ela pôs um vestido e botas e fez uma espécie de trança, mas depois voltou para o quarto e quando saiu estava de calça jeans e moletom com capuz. Agora o cabelo dela está solto e ela calçou os tênis velhos. Eu não perguntei antes, mas agora no carro digo: "Então, como você está?"

"Tudo bem. Está tudo bem."

As mãos dela estão sobre os joelhos, vermelhas e secas. É efeito do inverno. Ela tem uma pele saudável, parecida com a minha, mas no inverno os nós de seus dedos congelados tornam-se vermelhos e parecem doloridos.

A partir daqui, minha lembrança fica confusa. Não quero inventar nada. Para tanto, devo esquecer tudo que não pude conceber na época, separar as fases, o que é um problema. A mente não sabe fazer isso.

Quando entramos na sala, já havia duas garotas lá. A professora responsável pela turma entrou logo depois de nós e nos passou instruções. Começamos, empurramos mesas de lá para cá e fizemos barulho, e senti — já me acontecera antes — que poderia perder o controle, dar um tapa nelas, pois é possível levantar a mesa, não é preciso arrastá-la. Só que eu não sabia como colocar aquilo em palavras. Não sem que soasse como uma repreensão. Sem envergonhar Lea. O barulho do ferro contra os ladrilhos do piso arranhava dentro da minha cabeça, e ainda assim fui gentil, olhei para o relógio e sorri. Fiz o cálculo de que Meír já estava no trem. Eu sabia que ele desembarcaria em Munique e de lá pegaria um trem para Augsburg. Por que ele ainda não tinha me mandado uma mensagem? O barulho ao redor me desconcentrou e me fez perder um pouco a noção das coisas, de repente aquilo me pareceu bobo. Meír me amava, ele nos amava. Em todos os anos que moramos juntos, aconteceu apenas uma vez, apenas com uma aluna num inverno, e, quando voltou para mim, ele voltou dedicado, então com o que eu estava preocupada? Talvez tivesse ficado decepcionada comigo mesma, por ter me acostumado a um relacionamento que deixou uma luzinha de alerta na minha cabeça, acesa vinte e quatro horas por dia, ainda mais quando ele viajava para longe, sozinho.

Todos chegaram quase ao mesmo tempo, a sala se encheu de uma forma que impossibilitou qualquer prioridade, não havia diferença entre quem tinha chegado primeiro, quem arrumou e quem arrastou, todos estavam de pé e conversavam, e Arza também apareceu e se jogou sobre Lea num abraço, e por um momento ela parecia ter vindo sozinha, mas então vi a mãe, que era tão bonita quanto a filha porém não tão sorridente, estava séria, e eu sorri para ela. Acenei de leve. A amizade entre nossas filhas se estendia a nós também, assim sempre foi com todos os amigos de Lea, porém a mãe de

Arza, se é que ela me notou, não deu qualquer sinal disso. Ela olhou na minha direção, mas não para mim, e uma outra pessoa — outra mãe — tocou-lhe o ombro e agora conversavam. O barulho na sala era insuportável. Conversas e gritos e o cheiro de muita gente amontoada. Eu quis sair por um momento, sentir um ar fresco no corredor, talvez ligar para Meír, mas, quando me virei para a porta da sala, ele apareceu. Denis. Lembrei-me dele da foto no Facebook que Lea havia me mostrado, a que ela tocava na tela com a ponta dos dedos e depois os beijava. A foto não revelava muito, mas era o suficiente. O longo cabelo louro. O rosto que diferia tanto dos daqui. A professora parou junto à lousa e pediu silêncio, silêncio, por favor, e começou a falar. Boa noite, é ótimo ver todos vocês, logo começaremos a atividade. Depois disse que iria ler para nós a divisão dos grupos e os números das mesas e que, por favor, nos sentássemos.

Hoje eu sei o que aconteceu, mas naquela noite as coisas se embaralharam. Meír não me mandou mensagem nem ligou, e eu me preocupei, deliberadamente. No alvoroço da sala de aula ao meu redor, a preocupação era uma proteção, mesmo que eu não soubesse do que estávamos nos protegendo. Meu olhar procurou por Lea, que estava do outro lado da sala, ao lado de Arza e da mãe dela, e, apesar da aglomeração e da distância, percebi uma palidez em minha filha, percebi que ela não estava bem. A professora continuou lendo os nomes, enquanto as pessoas atravessavam a sala indo para os respectivos lugares. Vi Denis entrar correndo e se aproximar da professora, que, brava, sinalizou com a mão: agora não. Basta. Então olhei de novo para Lea e, sem entender, entendi.

Nós nos sentamos. Lea e eu, Ronit e a mãe, Ofir e o pai. Denis, que deveria se sentar conosco — a professora tinha indicado explicitamente o nome dele no nosso grupo —, sentou-se a outra mesa, então lá agora são nove, enquanto nós somos seis. Os pais não vieram com ele? Está sozinho? Procuro por eles, mas não estão aqui. Denis está sozinho. Ele é livre, como um órfão. Olho para Lea, do meu lado. As mãos ressecadas de minha filha estão tremendo e os olhos, marejados. Pego a mão dela por baixo da mesa e a aperto até que o tremor desapareça. A discussão em torno da mesa começa e longos minutos se passam antes que ela consiga falar.

44

Voltei a Groningen. Fui para lá mais duas vezes após a primeira viagem, mas não consegui me aproximar da janela de novo. Esta é a verdade, estou contando tudo. Parei no fim da rua e refiz meus passos. Eu sabia onde Johan trabalhava. Já tinha escrito para ele duas vezes — sem resposta —, de modo que poderia encontrá-lo e confrontá-lo. Poderia deixá-lo sem escolha. Quem pode se esconder hoje em dia? Ninguém. Ainda mais quando há alguém procurando por você.

O marido de minha filha dava aulas numa escola de teatro perto do porto leste, a De Lancering Theater Academie, uma estrutura imponente de concreto e vidro que combinava à perfeição com o céu cinzento. Sentei-me no café do outro lado da rua. Do lado de fora do prédio, havia dezenas de bicicletas e umas motocicletas estacionadas, uma visão de metal e drama, e reinava ali um silêncio excessivo, estranho, uma perturbação no equilíbrio da cidade. De tempos em tempos, os alunos atravessavam a rua e entravam no café, limitando-se aos itens mais baratos do cardápio. *Espresso*, refrigerante, folheados, bolinhos e afins. Algumas pessoas, muito jovens. Um rapaz de piercing e cabelo rosa cantarolava alto enquanto esperava a vez dele no balcão, e eu pensei, com que indiferença o futuro espalha suas redes, só entendemos isso quando é tarde demais. Três garotas na mesa ao lado da minha levantaram-se para sair e se abraçaram com uma alegria graciosa. Foi assim que Lea andou por aqui? Como se o mundo lhe pertencesse? Foi assim que ela abraçou tudo e todos? Ela era aluna de Johan, e quando a encontrei na internet, com o novo nome, vi uma fotografia de Johan que ela havia postado sete anos antes com uma legenda em holandês: "Meu professor." Mas eu ainda não conseguia imaginá-la sentada neste café, rindo de um jeito relaxado, soltando o cabelo e sacudindo-o e prendendo-o de novo, como alguém que se conhece intimamente. Johan era quinze anos mais velho que ela, talvez mais. Eu entendi o que ele poderia lhe oferecer. Quando por fim saiu do prédio, ele estava sozinho. Magro e alto, com uma jaqueta de inverno, uma pasta de couro na mão, vestido quase como um médico do interior. Eu o reconheci com facilidade. Já tinha estudado fotos, entendi como ele seria, mas não havia percebido como era alto. No café, paguei antecipadamente para que eu pudesse me levantar e sair quando quisesse, e foi o que fiz de imediato, atravessando a rua em seguida. Ele virou à esquerda na avenida principal e eu fui atrás. Nós andamos. Já tinha feito isso antes, anos atrás, durante um inverno terrível, quando segui Meír sem que ele me notasse, então aprendi como fazer. Johan andou apressado, o rosto voltado para o ponto de ônibus, e, quando parou, apoiou a pasta na calçada, entre as pernas, e vasculhou os bolsos. Eu não desacelerei. Esperei pelo momento no qual minha mente iria se desligar e eu não pensaria, apenas agiria, como num salto de paraquedas, e já estava bem perto dele, mas então Johan ergueu a cabeça e olhou para mim e eu continuei seguindo em frente, passei por ele. Como um retrato falado, a composição só funcionava quando se levava em consideração o todo. Imaginei que minha filha apreciasse aquilo, a leve desarmonia entre a testa e o nariz, e os lábios, que poderiam ter despertado nela um interesse que não soubesse explicar. Acontece que de repente a possibilidade de ele não me reconhecer como a mãe de Lea era incomensurável, exasperante. Eu não era apenas uma pessoa passando por ele, eu era a mãe, as filhas dele eram minhas netas, estávamos unidos por um vínculo que era impossível não significar nada. Enviei-lhe cartas, ele sabia da minha existência, sabia que eu o tinha procurado, e, mesmo assim, quando me notou, seu rosto permaneceu impassível. Aos olhos dele, eu era apenas uma mulher com vida própria. Afinal, ele era um ator, e se quisesse saberia como esconder os pensamentos por trás de sua expressão. Continuei andando. Já na época eu sabia mais sobre ele e as filhas do que ele poderia imaginar. Embora tivesse montado na minha cabeça uma imagem dos três com base em todas as informações que coletei de inúmeras formas, ainda assim eu tateava no escuro. Eu estava no escuro. Ele e as duas meninas amavam Lea, mas também a retinham. Com o coração batendo rápido e de repente tonta, cheguei ao fim da rua. Talvez eu tenha andado muito depressa, tudo aconteceu muito rápido, tive alguma dificuldade, eu estava muito ansiosa, e pensei, amanhã vou falar com ele, amanhã vou esperar por ele do lado de fora do prédio e o abordarei assim que o vir. Hoje eu estava só me preparando, foi apenas um ensaio. Entrei em um pequeno café e me sentei, fiquei ali até que minhas pernas parassem de tremer. Elas tremiam muito, e eu as escondi debaixo da mesa, pressionando-as com a palma das mãos.

Naquela noite, volto ao bairro da minha filha quando escurece, vago pelas ruas perto da casa deles. A sorveteria, a farmácia, o parquinho. Esses são os escorregas em que minhas netas deslizam. Esse é o banco em que a minha filha se senta enquanto as observa. Esses balanços as impulsionam para cima, essa areia entra nos sapatos delas. Desse carrossel, Lotte caiu uma vez e bateu a cabeça, quando foi levada às pressas para o hospital. Esse tipo de coisa acontece. O bairro velho me deixou com uma boa impressão, ainda que homens da noite andassem por ali, e eu tinha que confiar na minha filha, que ela sabia como manter as filhas seguras. Cheguei à escola em que elas estudavam, ao estacionamento órfão de bicicletas, à pequena quadra de basquete que, no escuro, parecia uma piscina. Caminhei ao longo da cerca baixa até o portão, que estava aberto. Tudo estava aberto para mim. Mas eu estava com medo de chamar a atenção de alguém, e, de todo modo, não queria ir muito longe. Não fiz bobagens, não exagerei. Apenas passei a mão pela cerca.

45

Assim que comecei a rastrear minhas netas, eu passava noites inteiras acordada. Torcia para as encontrar. Torcia para não as encontrar. Para mim, era óbvia a proibição implícita. Entrei várias vezes nos mesmos sites e cliquei nos mesmos registros e nas mesmas fotos, examinei cada canto deles como se algo inédito ainda pudesse se materializar de repente e ser revelado sob uma nova luz. A qualquer momento eu poderia encontrá-las, e de fato as encontrei: Lotte Dappersma e Sane Dappersma. Quando as localizei, elas tinham 5 e 6 anos, e aos poucos foram crescendo. Fizeram 6 e 7 anos. Alunas da Escola de Ensino Fundamental De Lange Brug, a ponte longa. Alunas do conservatório local. Lotte, de violão; Sane, de flauta. A descoberta da conta de Johan no Instagram coincidiu com uma bronquite que me deixou acamada por muitos dias. Tive acesso aos detalhes mais estranhos da vida deles, como as cortinas dos quartos das meninas, a cúpula do abajur de Lotte, a caligrafia arredondada de Sane e a predileção dela por corações verdes. Sane parecia mais descontraída que a irmã, mais esperta. Cara de travessa. Achei que, quando chegasse o dia, seria mais simples com ela. E nenhuma das duas se parecia em nada com Lea, nem na aparência, nem nas expressões, nem no tipo de mulher à espera de desabrochar nelas. Nariz pequeno e reto. Cabelo de farinha dourada que congelou em meio ao movimento, vivo como um cachorrinho, e que despertou em mim uma urgência em cheirá-lo e mergulhar a mão naquelas madeixas. Eu ainda não tinha enlouquecido. Enquanto minhas netas estivessem encarnadas em fotos, eu resistiria ao impulso.

Já havia localizado alguns dos colegas de turma de Lotte e alguns dos pais deles, eu sabia o que estava fazendo. Também localizei duas amigas do conservatório. A mãe de uma delas, Maria Koch, postou um vídeo curto da apresentação anual de formatura da filha. A câmera estava focada em Maria, uma menina pequena e muito pálida, flautista. Assisti aos primeiros segundos e pausei, para me acalmar. Esperei uma hora inteira antes de assistir ao restante. Ao lado de Maria, na ponta da tela, estava Lotte. Repetidamente, dez vezes, vinte, quantas vezes eu quisesse, lá estava ela.

Algumas semanas depois, como se não tivessem percebido nem sinal da minha presença nem imaginado a minha existência, como se não houvesse qualquer possibilidade de que a família estivesse exposta diante dos meus olhos e que eu a observasse a distância, Johan postou um vídeo da comemoração do aniversário de Sane, e lá estavam todos eles. Lotte, Sane, Johan, Lea. Onze segundos. Preciso dizer que ver minhas netas no vídeo foi mais do que eu podia suportar. Fiquei impressionada com a imagem de Lea segurando o cabelo de Sane com as mãos quando a menina se inclinou para soprar as velas do bolo, batendo palmas. De uma só vez elas se tornaram filhas de Lea, em todos os sentidos. A semelhança habita sob as feições delas, num lugar mais profundo, e transformou-se numa onda enorme que me jogou no chão. Então, por dias, tive febre alta, sono agitado e pensamentos confusos. Se ela tivesse se tornado religiosa, se tivesse entrado para uma seita, se tivesse sucumbido a uma força que a roubara de si mesma... Mas ela continuou sendo Lea, ela era Lea, e não queria mais ser minha filha.

O artigo aparece de repente diante de meus olhos numa das vezes que estou navegando pela internet. E eu o leio em pânico, como se tivesse me esgueirado mais uma vez até a janela em Groningen. "As crianças holandesas são as mais felizes do mundo." Depois disso, leio tudo que posso sobre minhas netas: estudos, pesquisas, artigos. Até então, não tinha me ocorrido que esse é um outro modo de aprender a respeito delas. Pelo que estou lendo, fico com a impressão de que a família é o centro da vida na Holanda, e mesmo assim meninas holandesas não são uma extensão dos pais. Pelo visto, desde muito pequenas, elas são livres para sair de casa sozinhas e cuidar de si mesmas; na vida das meninas holandesas não existe mau tempo, apenas roupas inadequadas; a espontaneidade é valorizada e até incentivada; e, como a algazarra ao brincar não é um incômodo para os adultos, parece que elas sabem como se exprimir e fazer a própria voz ser ouvida.

Crio uma imagem na minha mente. Até os 10 anos, elas não recebem dever de casa e andam de bicicleta com a mesma naturalidade com que caminham. Comem batatas fritas com maionese e, em vez de guarda-chuvas, usam grandes capas de plástico, como sacos enormes com capuz, mas elas não gostam muito, porque acham que são constrangedoras. Quando uma delas comemora aniversário, toda a família recebe parabéns. À medida que crescem, cumprimentam as amigas com três beijos nas bochechas — um lado, o outro lado e de novo o primeiro lado. Estou lendo que as taxas de gravidez entre as jovens holandesas estão entre as mais baixas do mundo, do mesmo modo que as taxas de alcoolismo, e que elas estão entre as moças mais altas de todo o globo terrestre.

46

Não voltei a me sentar no café. No dia anterior, a transição entre estar sentada e caminhar tinha causado a minha falha. Entendi isso e decidi ficar de pé, mas como? Fazendo o quê? Fiquei parada não muito perto do prédio, a trinta metros de distância, mais adiante na rua, para que eu pudesse ver quem entrava e saía e também para olhar os arredores, passando-me por indiferente, uma mulher à espera das coisas pelas quais é comum se esperar, que combinou de encontrar alguém e aguarda que a pessoa chegue. Permaneci ali postada por duas horas, qualquer um no meu lugar se cansaria, minhas costas doíam, a alça da bolsa fazia meu ombro arder, e, quando Johan apareceu à porta, comecei a segui-lo. Tomei cuidado dessa vez. Andei contida. Preservei a energia. Eu o segui até o ponto de ônibus, avancei por mais alguns metros e parei. Um senhor idoso que aguardava no ponto dirigiu-se a Johan, mas não ouvi o que foi dito, e mesmo se tivesse ouvido não teria entendido. O marido da minha filha sorriu para o velho e respondeu-lhe com gentileza. Era evidente que se tratava do tipo de homem que nunca abandonava os bons modos, holandês em todos os aspectos, tanto que era até difícil delimitar qual era a personalidade dele. Eu não esperava que ele sorrisse para mim também, eu sabia que não iria sorrir. Planejei dizer muito pouco para ele. Não exagerar. Eu não queria me emocionar, sem lágrimas, Deus, sem lágrimas. Lea não está certa. Em primeiro lugar, direi isso. Ela não está certa, ela é um enigma, minha filha é um enigma. Eu esperava que ele não me falasse dela de imediato, que não esquecesse suas lealdades e cometesse um deslize, que soubesse que nós dois estamos juntos nessa, que eu o estudo exatamente como ele me estuda. Eu queria lhe dizer apenas o que tinha planejado dizer, que estou aqui e voltarei, que não vou parar de tentar, que virei sem perguntas e sem condições e não guardarei ressentimento de Lea pelo desaparecimento. Mas que eu não vou deixá-la. Não vou deixá-la. Eu queria dizer a ele com a maior calma que as filhas dele também são minhas netas. São minhas netas. E quanto eu gostaria de conhecê-las. Na mão, eu segurava um cartão que preparara com meus telefones e meu endereço, então me aproximei, fiquei bem à esquerda deles, logo atrás. Se eu quisesse, poderia colocar o bilhete sorrateiramente no bolso de Johan e ir embora. O velho continuou com a conversa que havia começado, e agora eu o ouvia. Uma voz de viúvo, um homem solitário que ficou em silêncio em casa a maior parte do dia e precisa ir para a rua a fim de que a própria voz seja ouvida. Johan demonstrou muita paciência, eles conversaram, o velho apontou para o relógio e resmungou, e, quando o ônibus apareceu na esquina, eles acenaram um para o outro como um sinal de reconhecimento, como se em virtude da sábia insistência deles o veículo tivesse finalmente chegado.

M eu voo estava programado para partir de Amsterdã na noite seguinte. Na noite da véspera, no hotel em Groningen, diante dos horários na tela, fiz um cálculo de trás para a frente. O último trem que eu poderia pegar seria o das 16h48, para Almere, de onde seguiria o trajeto. Contando a meia hora de táxi da escola de teatro até o hotel, para pegar minha mala, e mais os quinze minutos de táxi do hotel até a estação de trem, concluí que podia esperar por Johan até as três e meia. Nas duas vezes anteriores, ele saiu do prédio depois das quatro — se ele saísse mais cedo, eu saberia que era para ser.

Ele apareceu à porta do prédio às três horas e dezenove minutos, parou por um momento no degrau e olhou para a rua. Para tudo há uma razão, quer você entenda, quer não, ainda assim isso é verdade. Ele esperou um momento, concedeu-me uma pausa para que eu me preparasse. Quando começou a andar, não me entusiasmei, eu conhecia aquele andar, e, com todo o respeito, o dele era um caminhar de ator. Em uma das peças de que participou (li tudo que achei sobre Johan), ele interpretou o filho de uma mulher demente que a ajuda a reencontrar o amor da juventude. Ele ganhou prêmios por esse papel. Foi graças a essa peça que a carreira de Johan engatou. *Um talento revelado*. No entanto, quem vai ao teatro hoje? Enquanto andava pela rua, ninguém virava a cabeça na direção dele. Eu sabia exatamente quanto tempo levaria até alcançá-lo e decidi me dirigir a ele logo após entrar na rua principal, sem tocá-lo nas costas ou no ombro, apenas chamando-o pelo nome: Johan. Como a maioria dos holandeses, ele deve falar bem inglês. Vou chamá-lo pelo nome e dizer, eu sou a mãe da Lea, Yoela, e repetirei em seguida que sou a mãe de Lea para que entenda. A primeira reação dele será decisiva, um breve vislumbre dos verdadeiros sentimentos antes que ele os oculte de mim, revelando-me apenas o que desejar. Um bando de garotas vindo na direção oposta de repente nos separou e, por um momento, ele desapareceu da minha vista, mas, assim que passei por elas, eu o vi novamente. Tudo saía como planejado. Estava prestes a acabar. Quando ele seguiu em frente em vez de virar na rua principal, como de costume, perdi o equilíbrio por um momento e torci o pé. Em qualquer outra ocasião, eu me estatelaria no chão, mas fui impulsionada para a frente e amorteci a queda com a mão. Nada aconteceu. Eu estava bem e continuei. Por que ele não dobrou rumo ao ponto de ônibus? Ele andou exatamente da mesma forma que o fez no dia anterior, e no dia antes daquele, sem hesitação nos passos e sem incerteza, apenas mais rápido. Johan ganhou velocidade e eu fiquei ofegante. De repente, diminuiu o ritmo, olhou para o alto, depois avançou mais alguns passos e parou em frente à porta de um prédio. Eu o via por trás, mas ele havia olhado para uma das janelas — eu não tinha dúvida disso, foi o que aconteceu —; ele olhou para cima e eu olhei na mesma direção, então vi o que eu vi. Eu mesma já fui uma mulher muito jovem e muito apaixonada, e entendi imediatamente. Johan tocou uma campainha ao lado da porta e apoiou o peso nela. Uma porta de madeira europeia pesada, uma que permitiria a passagem apenas de pessoas autorizadas. Uma porta que cresceria na minha mente muito tempo depois de eu ir embora dali. E, logo após ele sumir atrás dela, a porta se fechou com um clique.

47

Nas primeiras semanas do primeiro ano do ensino médio, Lea fala sobre seus amores e suas perdas com igual desenvoltura, como se tivesse vivido muitos anos e acumulado todo o humor autodepreciativo necessário a uma mulher para ter sucesso na jornada pelo mundo.
"Denis não me dá bola", diz ela, "ele não repara em mim".
"Denis é um pateta", comento. "Não repara em nada e é um grande idiota."
Ela sorri, zombeteira, e imita a maneira como ele inclina a cabeça para o lado a fim de afastar o cabelo dos olhos.
"E você também é uma tonta", digo. "Um casal perfeito. Um pateta e uma pateta."
Ela está falando a sério agora: "Mas não estou mais a fim dele."
"Eu sei."
"É só por diversão."
"Você é a fim de ficar a fim de alguém", digo.
"É."
"É tipo um treinamento, só para pegar o jeito da coisa."
"Isso mesmo", concorda ela. "Tanto faz, eu sou idiota. Mas escute só, eu tenho uma fantasia que já é real, mas é uma fantasia."
Franzo a testa e ela continua:
"Vou explicar. Eu o vi escrever algo na aula, ok?"
"Denis?"
"Concentre-se, mamãe. Para quem mais eu vou olhar na aula? Eu o vi escrevendo alguma coisa, mas não num caderno, e sim numa página, e percebi que ele estava escrevendo

uma carta para mim. Até aí, tudo bem. Mas no intervalo ele não me entregou, o que você tem que admitir que é estranho. Aí eu me dei conta de que ele está um pouco envergonhado, que talvez estivesse com medo, porque escreveu que gosta de mim e esse tipo de coisa é meio constrangedor. Eu sabia que ele me daria a carta no fim do dia, mas esqueci que, por causa da higienista dental, eu ia sair mais cedo da escola. E agora ele deve estar muito desapontado. Mas não é o fim do mundo, ele vai me dar a carta amanhã."
"É mesmo?"
"O que você acha? É uma fantasia que eu criei."
Bati a mão no meu rosto.
"Deixa, sou idiota. Essa é a verdade. A sua filha é um pouco tapada. Você comprou bateria para a minha escova de dentes? A higienista me deu parabéns e disse: continue assim."

A transição para o ensino médio é tranquila em todos os aspectos. Minha filha é daquelas garotas ávidas por aprender, persistente e constante, cujo único pecado é a ansiedade. É excessiva, mas até isso os professores acham incrível. Eles estão errados, é lógico. A ansiedade dela é exatamente o que pode influenciar tudo o mais. Nos próximos anos, direi a Lea mais de uma vez, fique em casa hoje, apenas um dia, o que pode acontecer? Eu vou ficar também, vamos nos enrolar em cobertores, pedir pizza, ver um filme na TV a cabo. E ela revirará os olhos e dirá, você quer um dia de folga, mamãe? Tire. Você não precisa de mim para isso. Durante todos aqueles anos, ouvirei a meu redor sobre garotas que precisam de lembretes, encorajamento, um empurrãozinho, enquanto com Lea eu precisarei só tentar moderar. Só moderar um pouco. Confortá-la por uma nota que não foi tão brilhante quanto as anteriores. Convencê-la a comer mais uma fatia de bolo ou a fazer uma pausa para relaxar um pouco após horas debruçada sobre os cadernos e os livros. Saia e divirta-se. Vou insistir para que ela aprenda a se perdoar. Perdoe a si mesma, Lea. E se, de vez em quando, eu vislumbrar no rosto dela uma sombra da minha própria juventude, um vislumbre dos recônditos de sua alma, esperarei com Lea até que passe.

Os feriados passam. Rosh Hashaná, Yom Kipur, Sucot, Simchat Torá. Os muitos feriados perturbam a paz de Lea, e assim que as aulas recomeçam, depois de apenas dois dias, ela já quer pedir Denis em namoro. Ela consulta Meír, que acha que vale a pena esperar um pouco. O ano está só começando, diz ele, vocês mal se conheceram, espere um tempinho. Parece que ela o escuta com seriedade.

No entanto, naquela mesma noite, de repente sai do quarto e diz: "Perguntei para ele. Mandei por mensagem. Mas ele não respondeu."

Meu coração congela. "Ele não deve ter visto ainda", apresso-me a dizer.

"Está tudo bem", declara ela. Lea não tem vontade de estender a conversa, nem depois, quando vou ao quarto dela para dar um beijo de boa-noite, e este não parece o dia mais difícil de sua vida. Pelo contrário, ela está de bom humor. Lembro-me de quando Lea era criança e ficava com febre, das falas tempestuosas. Quando eu me levanto às três da manhã para ir ao banheiro, vejo pela porta entreaberta de seu quarto que as luzinhas decorativas foram acesas. À luz das lâmpadas douradas e turquesa, ela parece estar dormindo, mas sei que fechou os olhos só porque me ouviu.

No dia seguinte, quando estou no meio de uma reunião no estúdio, Lea me liga chorando. Peço licença aos presentes e saio da sala.

Ela está falando comigo do banheiro feminino. Denis ainda não tinha falado com ela nem mandado nada por escrito. Ele a ignora o dia todo. O choro, porém, não é desesperado, ouço nele um suspiro de alívio. Apenas mais tarde, muito depois do anoitecer, ele lhe manda uma mensagem: "Não... Desculpe."

No fim da tarde seguinte, Arza vem visitá-la e as duas se trancam no quarto de Lea. No dia subsequente, após as aulas, Lea vai para a casa de Arza e fica lá até a noite. Nesse fim de semana os pais de Arza viajam para o norte e ela convida Lea para dormir lá. Serão apenas as duas, meninas crescidas. Verifico meu celular várias vezes. Durante aquele dia inteiro e a noite toda, ela não me liga nem me escreve. Checo novamente às duas da madrugada e mais uma vez às quatro. Ao meio-dia do sábado, para que Lea não ouça o tremor na minha voz, eu lhe mando uma mensagem e ela responde na hora. "Está tudo bem." No sábado à noite, ela volta para casa e pareceu ter deixado a dor para trás.

    O ano continua.

Eles formam um pequeno grupo: Lea, Arza, uma terceira garota chamada Gal, cujo nome surge agora com frequência nas histórias de Lea, e dois garotos, Misha e Miko.
"Miko?", pergunto.
"Ayalon Mikoshinsky."
Misha é provavelmente gay, segundo Lea. Acontece que ele não sabe disso. E o garoto é um doce. Não há nenhuma observação específica sobre Miko. As garotas se chamam de *darling* e os meninos chamam Lea de Leli, Arza de Razi e Gal de Gala.
"Miko diz que nome que é nome tem mais de uma sílaba", me explica Lea. "Ele diz que, do contrário, não é humano."
"Tão ruim assim, é?"
"Não é o tipo de coisa que você vai entender."
Misha chama Miko de Miko, enquanto Miko chama Misha de Marco.
"Marco?!"
"Deixa pra lá." Lea encerra o assunto.
Ela está encantada pelo charme do grupinho, que, pela primeira vez, conta com meninos, um novo mundo emocionante de passagens e concessões. As meninas arrastam os meninos para joguinhos de classificação e comparações. De quem você gosta na turma? Quem você beijaria? Quem você acha que é a mais bonita? Eles são obrigados a escolher também o segundo e o terceiro lugares, o que a princípio fazem de forma hesitante e depois com convicção, e por fim também é necessário escolher o último lugar. Este dá origem a um turbilhão de agitação. É como perguntar quem é a mais feia para você, quem lhe causa repulsa, de quem você tem nojo. Sei que eles também brincam de Verdade ou Consequência, e que não estão particularmente interessados na consequência, só a verdade os empolga. Eu sempre tive medo desses jogos, e ainda tenho.
Denis, que desapareceu por completo nos últimos meses, está mais uma vez marcando presença nas histórias de Lea.

"Ele tem falado às vezes", diz ela. Às vezes ele responde às perguntas da professora, e está sempre desenhando durante as aulas. Denis tem um caderno de desenho, que deixou aberto sobre a mesa no recreio, e Lea deu uma espiada. Ela lhe disse que era um desenhista incrível, e ele corou e agradeceu. No dia seguinte, quando Misha e ela ficaram na sala no intervalo para jogar Taki, Denis olhou para os dois, e ela lhe perguntou se queria participar. Ele disse que não. No entanto, no dia seguinte se aproximou e jogou com eles.

Arza não gosta de Denis — desde os tempos do coral, e ainda mais depois que ele rejeitou o pedido de namoro de Lea —, entretanto, por causa da afeição da minha filha por ele, a turma toda o trata com carinho, e em pouco tempo ele vira um deles e Lea já não me conta muito, nem sobre ele nem sobre os outros.

As férias de verão trazem um silêncio prolongado. Primeiro, Arza viaja com a família para a Europa, e, mesmo antes de voltarem de lá, Meír, eu e Lea viajamos para Minnesota. Meír está ministrando um curso de verão numa pequena faculdade de lá, que fica à beira de um lago, e por isso conseguimos um apartamento confortável no *campus*. Meír dá palestras todas as manhãs, e Lea e eu pegamos emprestadas bicicletas de uma das famílias que moram no prédio e vamos até o lago todos os dias. Passamos o restante do tempo perambulando pela rua principal próxima à faculdade, vasculhando as livrarias e lojas de roupas e planejando os jantares que prepararemos no pequeno apartamento. Ficamos fãs de um minúsculo restaurante especializado em *noodles*, escondido em uma das ruas secundárias e administrado por algumas mulheres asiáticas e nenhum homem, mas quando pergunto a uma delas sobre isso o inglês dela desaparece. As outras também se calam. Elas não estão interessadas em conversa. Lea, que há muito tempo reprova a minha tendência a puxar assunto com estranhos, não diz nada, mas o constrangimento dela é perceptível.

"O que foi?", pergunto quando estamos só nós duas de novo à mesa. "O que foi que eu fiz?"

"Nada."

"Qual o problema?", insisto. "Falei demais? Respirei rápido demais?"

"Chega, mãe, você parece até uma criança."

Ela está numa idade em que inventou tudo sozinha, inclusive a maturidade.

Pouco depois de chegarmos a Minnesota, ela faz amizade com um garoto chamado Oliver, filho de um casal de professores visitantes da Inglaterra, com quem joga frisbee nos gramados do *campus* e às vezes vai tomar sorvete na rua principal. Ollie é baixinho e sorridente, e, quando Lea não está com ele, se derrete pelo garoto, mas, quando estão juntos, ela fica mais calada. O ônus da conversa recai então sobre Ollie, que não tem medo de silêncios prolongados. Eles se sentam do lado de fora da sorveteria, tomam sorvete e cada um navega no respectivo celular, então retornam ao *campus* numa caminhada tranquila.

Quando voltamos a Israel, faltam ainda duas semanas para o início das aulas. Para minha surpresa, Lea não sai correndo para visitar os amigos e nenhum deles vem nos visitar. Quando eu lhe pergunto sobre isso, ela dá de ombros e diz que está gostando, de ficar tranquila, em casa. Ela diz que vai ter em breve um ano inteiro para passar com eles, não há pressa.

Ficamos em Minnesota apenas seis semanas — e parece que estivemos ausentes por anos. Tudo em nossa casa tornou-se obsoleto e pequeno. Não consigo deixá-la com uma aparência de limpa, por mais que esfregue tudo. Alguns dias se passam, porém, e a casa me parece novamente em ordem.

48

A autora que escreveu sobre Juliet anunciou que pararia de escrever. Ela está com mais de 80 anos e talvez lhe seja difícil continuar — todos esses personagens, os sofrimentos, os desastres. No entanto, talvez largar aquilo seja ainda mais difícil. Ela intitulou uma outra história que estou lendo agora de "Garotas brincando", e primeiro passo os olhos pelas páginas iniciais e tento adivinhar que tipo de jogo aparecerá. Meninas *de 9 ou 10 anos... alguém que eu não conhecia... falou com uma voz especial... não houve objeção... tal confiança pode ser estabelecida imediatamente, num piscar de olhos... uma cabeça tão pequena que me lembrou uma cobra.* Volto à página de abertura e começo do início.

A escritora não parece ter pena das meninas que jogam, nem de ninguém mais ao redor. A cabeça de cada uma delas é repetidamente empurrada pelas ondas da história, deixando-as sem ar.

Faltam três dias para o início do ano letivo e vou com Lea ao shopping para comprar tudo que ainda não compramos. Ela avança pela loja entre pastas, estojos e blocos, descartando de imediato qualquer coisa que acho bonita.
Um horror.
Minha nossa.
Você está falando sério?
Ela escolhe uma bolsa preta brilhante e um estojo amarelo. Os cadernos são vermelhos e as pastas, verdes. Ela parece estar fazendo isso de propósito. Um por um, seleciona os itens mais feios da loja e os deposita no carrinho de compras.
Pago tudo no caixa, sem dizer uma palavra.
"Você está brava?", pergunta ela quando já estamos no carro a caminho de casa.
"Brava? Por quê?"
"Você acha essa bolsa feia. Você odiou."
"Não, não, não, nada disso." Então conto sobre Vantablack, o preto mais preto já criado: "Foi gerado das partículas de carvão para servir a todos os tipos de uso militar, não sei direito o quê, talvez para pesquisa espacial." O preto mais preto absorve 99,96% da luz projetada na direção dele, explico, o que significa que todo objeto coberto com Vantablack parece ter perdido a dimensão. "Somente a altura e a largura permanecem", digo, "a profundidade desaparece".
Lea olha para mim hesitante.
"Aí veio um escultor famoso", continuo, "um milionário, e comprou da empresa o direito exclusivo do uso de Vantablack nas obras dele".
"Você está inventando isso."
"Inventando? Quisera eu estar. Pois fique você sabendo que outros artistas morreram de raiva. Um deles disse ao jornal que muitos grandes artistas da história da humanidade, como Turner, Manet e Goya, desejavam alcançar esse tom

de preto puro e pronto, e finalmente isso aconteceu, o preto mais preto que já existiu, mas ele não podia ser usado. Só por quem o comprou. Agora veja só, se a gente se cobre com o preto mais preto, não lhe parece uma maneira perfeita de desaparecer?"

"Você odiou a bolsa."

"Nem um pouco."

49

A puberdade dá seus sinais com muita delicadeza. Lea tende a chorar por bobagens, mas não há acessos de raiva, talvez lampejos de impaciência de vez em quando, a habitual *matryoshka* de humores, coisas típicas da idade. Ela está se tornando uma adolescente razoável, doce e atenciosa, e, se acontece de me responder com agressividade, se apressa a se reconciliar. Desculpe, mamãe. Não fique zangada. Lamento. Desculpe. Você me perdoa?

Às vezes, de manhã, os olhos dela estão inchados de tanto chorar ou por falta de sono. Ela faz perguntas sem prestar atenção na resposta, então alguns momentos depois as repete. Ela me lembra minha mãe depois da morte do meu pai, mas na época eu castigava minha mãe usando um tom de voz indelicado ou revirando os olhos, enquanto, com minha filha, repito as palavras com calma. Digo que sim, lógico, vou comprar esse creme para você. Não, não ouvi falar desse filme. Não vejo por que não, afirmo. O que você quiser, respondo, vou buscar você.

Já estamos passando pelos feriados do mês de Tishrei de novo. A primeira chuva lava um longo verão de árvores, casas e ruas sedentas. Numa noite de inverno, quando nos sentamos juntas para comer, pergunto a Lea sobre o ressecamento na palma das mãos dela. Algumas semanas antes, eu já tinha percebido que piorara muito, e por que não perguntei naquela ocasião? No que eu estava pensando?

"Elas coçam muito", diz Lea, arregaçando as mangas e me mostrando os arranhões pegajosos ao longo dos braços. "É insuportável." Então, quando ela sair do chuveiro, vou oferecer-lhe uma pomada reparadora e não vou mais insistir nisso. O inverno está terminando, e uma noite, quando entro no quarto de Lea e me aproximo da cama para ajeitar os cobertores em torno dela e apagar a luz, minha filha se senta e pede que eu fique.

"Devo me sentar aqui?"

"É."

E ela irrompe em um choro que lhe sacode todo o corpo.

Passo toda aquela noite me revirando na cama. Quero contar tudo a Meír, mas tenho medo de que Lea nos ouça do outro lado da parede. Quando ela chorou, eu a abracei com cautela. Ela queria me contar as coisas apenas para que eu soubesse, para me informar. Não me pediu soluções. Ela irradiava uma luz branca e fria, muito diferente do calor febril das doenças da infância, e isso me fez sentir um aperto no coração. Talvez tenha sido ali que desejei que Denis desaparecesse, não me lembro. Gostaria de pensar que eu nunca quis e que não rezei por isso.

"Ouça."
    E é o que faço.

No fim do verão, me conta minha filha, quando sentiu que Denis e ela já eram próximos, amigos, Lea reuniu coragem novamente.

"Eu o pedi em namoro mais uma vez", relata. "Falei para ele: eu te amo e quero ser sua namorada."

Dessa vez ele respondeu imediatamente, e ela manteve uma expressão corajosa; só depois, no banheiro feminino, deixou as lágrimas rolarem.

"Mas eu me recuperei."

"Quando foi isso?", pergunto.

"Mamãe..."

Ela volta a chorar. Eu a abraço. Nos meses que se seguiram, Lea conta que, caso se sentasse ao lado de Denis enquanto jogavam cartas no recreio, ele se levantava na mesma hora e mudava de lugar. Se a professora os colocasse no mesmo grupo para fazer uma atividade, ele imediatamente levantava a mão e pedia para mudar de grupo. Se ele a flagrava olhando-o, dizia, pare de me olhar, você está me deixando constrangido, você me dá nojo, me deixe em paz. Não olhe para mim, dizia ele, não olhe mais para mim. Nunca mais. Eu queria mesmo que você sumisse da minha frente.

    Quando acaba de me contar, estudo o rosto, os olhos de Lea, mas só há tristeza neles, uma queimadura provocada pelo que atingiu o coração dela. Não entendo do que minha filha é feita. Eu a amo com um amor insuportável, talvez impossível, e abomino aquele garoto em igual medida.

50

Envio a carta ainda a caminho do aeroporto. Num pedaço de papel branco, escrevi o endereço do prédio no qual Johan entrou, apenas isso. Escrevi em holandês: "Seu marido tem visitado esse lugar." E acrescentei o endereço. Só isso. Desenhei as letras de trás para a frente, na direção oposta à que seria a normal, para que ninguém possa reconhecer minha caligrafia. Em seguida, comprei um envelope e um selo e joguei a carta em uma caixa postal longe de qualquer agência do correio. De lá, seria impossível que eu conseguisse tirá-la quando me arrependesse.

No voo de volta, estou com sono. Comprei e tomei duas garrafinhas de vodca, em seguida adormeço e acordo intermitentemente ao longo da viagem. Enviei algo para o mundo e, a partir de agora, espero que retorne para mim. Minha filha é um enigma, mas não para mim. Eu a conhecia e ainda conheço. Ela precisará de uma pessoa no mundo que a ame mais do que tudo.

51

Eu vejo uma infinidade de coisas para meninas nas lojas e acho tudo lindo. Quero comprar tudo. Uma vez, tive uma amiga no trabalho cujo marido tinha um meio-irmão que veio visitá-los em Israel, um homem solteiro de 60 anos, italiano, mas não de um lugar conhecido, e sim de uma cidadezinha no sul, Tripea ou Tropea. "Bonito", contou ela, "mas não cala a boca". E ele trouxe presentes para todos. Trouxe uísque para o irmão e perfume para a minha amiga, um elaborado aviãozinho planador para o filho dela de 11 anos e um trem de brinquedo para o de 4. E ela disse que para a filha, a menina do meio, de 9 anos, ele trouxe um maiô e uma linda caixa de calcinhas de princesas. Minha amiga não sabia o que pensar. Sentia um calafrio toda vez que a menina usava o maiô. Ela escondeu as calcinhas e depois jogou-as no lixo.

Em tudo que compro para as minhas netas, há sempre uma mensagem que devo decifrar com antecedência, por isso só posso comprar o que não ofereça duplo sentido, insinuações. Nada de roupas, as coisas que eu for comprar devem estar mais distantes do corpo. Nada de bonecas. Nada de livros. Nenhum perfume. Em uma papelaria, compro duas mochilas incrivelmente caras e alguns lindos cadernos, e meu coração é invadido por dúvidas. As mochilas são um fardo, enquanto os cadernos vazios terão que ser preenchidos.

Duas semanas após a minha última viagem a Groningen, Yochái e eu nos reencontramos. Ele não pergunta a respeito de Lea. Talvez já tenha entendido, embora seja mais provável que esse pensamento não lhe tenha passado pela cabeça. Ele me conta sobre uma mulher que conheceu. Muito bacana, diz. Ainda não contou sobre ela para Danit, mas planeja fazer isso em breve. E, de todo modo, continua ele, está feliz. Está feliz e aproveitando a companhia de uma mulher encantadora. Yochái olha para mim e, como não formulo pergunta alguma, não acrescenta nada. Muda de assunto, conta sobre Danit, sobre um problema que ela tem com uma das professoras da escola. Ele parece mais relaxado do que em nossos encontros anteriores, então já deve estar transando com a mulher encantadora, tudo bem. A imagem da nudez de Yochái não deveria me surpreender. Ele é o tipo de homem que enfeitiça as mulheres — o tipo de mulher, inclusive, de que eu poderia gostar —, uma pitada de boêmia na testa alta, no cabelo branco penteado para trás em uma onda. E o tom da voz também indica aptidão para ouvir. Contudo, quando tento imaginar os genitais dele, básicos mas surpreendentes, eles pertencem ao mundo de outras mulheres, que levam outro tipo de vida.

O florescer tardio de Yochái não me interessa, e talvez só agora eu entenda que ele se afastou de mim todos esses anos para me preservar. Talvez temesse que não conseguiria esconder de mim os segredos de Meír, e tenho vontade de lhe dizer imediatamente, de lhe assegurar, que eu sabia de tudo. Que vivi neste mundo. Que eu sabia quando Meír se afastava de mim e quando voltava e que peguei o que pude.

Um bom tempo se passa e, por fim, olho para o relógio e peço desculpa por precisar ir embora. Tenho que dar um pulinho na minha mãe, digo, ela não está se sentindo bem. E, no meu íntimo, decido não mais encontrá-lo.

Estou esperando. Afinei uma corda do mundo e estou à espera do resultado disso.

Os dias passam, as semanas passam. Onze semanas. Quando o telefone toca, pego o aparelho sem pânico, vou com ele para o quarto e fecho a porta suavemente.

"Alô?"

Art está na sala, assistindo à televisão. Estamos na casa dele. Eu não acendo a luz do quarto, estou confortável no escuro. Sento-me na beirada da cama.

"Mamãe?"

Não quero que ela se torture. Jamais tive intenção de atormentá-la, e agora eu lhe digo, Lêike, Lêike, me escute. Tudo que você teme me contar, eu já descobri, já sei. Tudo isso não importa mais. Eu posso ir até aí agora mesmo. Vou até você, reservarei um quarto num hotel, estarei perto, estarei com você. Para qualquer coisa que você quiser.

Na manhã seguinte, visito minha mãe. Algumas semanas antes, tínhamos ido juntas comprar um aparelho auditivo, o melhor, mas ela se recusa a usá-lo. Ela lê muito, ou fica vendo televisão. As legendas lhe são suficientes. Desde que perdeu a vontade de sair, eu pego livros para ela na biblioteca e depois os devolvo, e quando minha seleção não a agrada ela não diz, este é muito chato, este é banal, este é idiota, apenas diz que é muito pesado, muito triste. Dessa vez, quando entro, ela de imediato pergunta como Art está. Há pouco tempo o conheceu na minha casa. Convidei-a para jantar conosco e ela gostou dele, e acho que ele também gostou dela. Ele está bem, respondo. Ocupado. Vou fazer chá para nós, digo, e ela assente com a cabeça e sorri. Talvez, durante todos esses anos, fosse a audição que lhe atormentava.

Estou na cozinha, vejo as costas dela e lhe conto num sussurro, para não a alarmar: Lea está na Holanda, mamãe. Ela conheceu um homem lá, ela tem filhas. Só que uma coisa terrível aconteceu com ela, o marido a está traindo e ela vai voltar para Israel. Adiciono duas colheres de açúcar ao chá, minha mãe ainda gosta de doce, sempre gostou, e ela, de costas para mim, balança a cabeça de leve. De onde estou na cozinha, ela parece mais distinta, sentada na poltrona com o cabelo branco ainda preso no coque de enfermeira, os ombros um pouco encurvados pressionados contra o encosto de veludo. Volto para a sala e lhe sirvo o chá. Minha mãe o toma comedidamente. Se ouviu alguma coisa do que falei, jamais deixará transparecer.

52

"Vou denunciá-lo", diz Arza a Lea certo dia. "Vou falar que ele me assediou. Eles vão expulsá-lo da escola e não teremos mais que vê-lo."

Lea balança a cabeça. Não, não, não. "Chega. Basta. Pare de falar bobagem." Por mais que ela queira que ele suma, a ideia de ter os dias esvaziados da presença dele a paralisa. Denis é a origem do sofrimento dela tanto quanto da felicidade. E Arza, que entende isso como só as jovens dessa idade conseguem, está disposta a tomar a decisão por Lea. Tudo ou nada? A amiga da minha filha já decidiu, é só uma questão de tempo.

Nas últimas semanas, Lea tem acordado todas as noites e não consegue voltar a dormir. A irritação na pele dos braços se intensificou, e o pescoço também está coberto de manchas vermelhas. Talvez seja o tempo seco, diz ela, talvez o frio. Ela sempre sofreu nos invernos, o problema dos dedos congelados nos acompanhou por todos esses anos, mas essas manchas são outra coisa.

Na escola, quando dá a hora do recreio, mesmo durante o inverno tempestuoso, ela sai correndo da sala para o pátio distante ao qual Denis nunca vai, e, na volta, o coração dela acelera pelo medo de topar com ele. Arza não a deixa só, cuida dela o máximo que pode e a anima. Quando estão juntas no pátio, conta a Lea sobre a vida cheia de sofrimentos que aguarda Denis dali em diante, e às vezes Lea ri em meio às lágrimas. "*Karma is a bitch*", diz Arza e entrega um lenço a minha filha. Então as duas dão risadinhas. Mas nos dias mais difíceis nada é engraçado para elas, nem isso nem aquilo. Principalmente agora que, nos recreios, Lea às vezes vai à biblioteca, se posta diante de um livro aberto e finge estar lendo. Ela quer ficar sozinha, pelo menos de vez em quando, e, para não magoar Arza, recorre aos livros.

Quando a porta da sala de aula se abre para o desastre iminente, Lea e Arza ainda se sentam juntas, mas Arza já tem passado muitos recreios com Gala e Misha, não segue mais Lea até o pátio ou a biblioteca. Elas já não estão mais grudadas uma na outra, e a prova disso, naquele dia, é que nas duas últimas aulas Arza desapareceu da sala sem dizer nada a Lea.

À porta da sala de aula está a conselheira da escola, Diana. Ela chama a professora, que sai por um momento e em seguida diz: "Lea, Diana está esperando por você no corredor."

Quando Lea está sendo levada à sala do diretor, ela passa pela sala da conselheira, onde Arza se encontra sentada na companhia de uma mulher desconhecida. Arza está chorando? Por que está chorando? Lea permanece à porta por uma fração de segundo. Os olhares das duas se encontram e basta um pequeno movimento do queixo da amiga para que Lea entenda exatamente o que está acontecendo.

Todo o resto dura menos de um minuto. Além do diretor, a coordenadora da série também está lá. Eles ainda não envolveram a polícia, então também não há obrigação de nos informar, os pais. Na sala do diretor, há um cheiro forte de lápis e de folhas quentes recém-saídas da copiadora misturado ao perfume velho do diretor, e Lea, que nas últimas semanas emagreceu muito, fica tonta. A coordenadora da série pede que ela se sente, quer lhe fazer algumas perguntas.

Por acaso, em tal e tal data, Arza contou que Denis a havia machucado de alguma maneira?

"Sim", diz Lea.

Por acaso ela contou o que ele tinha feito?
"Não", diz Lea.
Nada mais lhe é perguntado. A conselheira agradece e Lea é liberada para voltar à aula.

Tudo isso Lea me conta apenas depois de dias, semanas, e, embora ela me conte tudo, não consigo entender. Está chorando tanto que, de vez em quando, tenho que pedir que repita uma palavra ou uma frase. Nunca vi algo assim, as lágrimas parecem ser magma fervendo, algo importante aconteceu e minha filha está arrasada. Meír aparece assustado à soleira do quarto. O que aconteceu? O que aconteceu? Ele, porém, não é necessário aqui agora, e então sinalizo para que vá embora, e ele entende. Já aconteceu antes de ela chorar e querer apenas a mim. Fecho a porta atrás dele e me sento ao lado dela na cama. O que exatamente minha filha está dizendo? O que está me contando? Não entendo. Eu compreendo alguma coisa, mas não o quê nem de que forma, e então de repente consigo entender. Ela mentiu? Mentiu para o diretor? Sobre o quê? Quando?

Escuto tudo e concordo com tudo. Digo que tudo ficará bem. Está tudo bem, e assinto com a cabeça para tranquilizá--la. O que dizer a ela? É a primeira vez que, diante do sofrimento de Lea, estou sem palavras. Entendi o que ela fez e as consequências. Tudo isso aconteceu há sete semanas, e Denis foi imediatamente suspenso da escola, por três semanas, foi o que disseram, ela não tem certeza, e desde então ele não voltou. Ela esperava que ele voltasse, esperou que voltasse, mas não voltou. Ela continua aos prantos, não havia imaginado que isso aconteceria, não tinha ideia. Ela vai procurar o diretor e explicar tudo a ele, é o que deve fazer. "Não conte para o papai", pede quando já está mais calma e exausta de tanto chorar, "ele vai ficar muito zangado comigo". Eu ajeito o cobertor ao redor dela, acaricio-lhe o rosto e beijo a testa. Para o preocupado Meír, digo depois na sala: "Problemas de meninas. Ela se acalmou, eu a acalmei." No entanto, algumas horas depois, no meio da noite, acordo em pânico com o abismo sob nossos pés. Corro para o quarto dela. Lea está acordada, deitada alerta, no escuro, e lhe digo, pensei no assunto, me escute. Você não faça nada e não diga nada. Já passou bastante tempo, o castigo dele já acabou, ele pode voltar se quiser, a decisão é dele. Eles perguntaram para você, você respondeu, pronto. Siga com a sua vida. Apenas siga com a sua vida. E Lea então volta a chorar, ao que me deito na cama dela e a abraço, e minha filha mergulha num sono cheio de agitação e suspiros.

53

Denis foi visto andando pela cidade durante o dia. Foi visto sentado na praça dos gatos à noite. Viram-no subir do Vale da Cruz ao amanhecer, entrando na Cidade Velha ao nascer do sol, andando de moto em Ein Kerem. Lea sempre recebe os relatos de segunda e terceira mãos, e eu a aconselho a não acreditar neles. Não acredite em tudo. As pessoas falam, gostam de falar. Olhe para ele. Veja o que aconteceu com Denis. Nós o conhecíamos, ele era um de nós, parecia conosco, mas na verdade não era, ele era diferente na essência. Lea se recusa a relaxar e deixar para lá. Quase toda semana, procura um novo boato sobre Denis e o traz para mim. Dizem que, ao fim da suspensão, ele decidiu não voltar à escola e se matriculou em um curso supletivo, depois desistiu também. Dizem que está usando drogas, que os pais o expulsaram de casa, que está dormindo em uma caverna fora da cidade com um bando de vagabundos — e ela me conta tudo isso com fervor crescente, com uma emoção que não consigo compreender. Algo do comportamento tempestuoso dela voltou, aquela voz cortante. Essas histórias ao mesmo tempo a assustam e a preenchem, embora eu não entenda direito como isso se dá.

Nessas circunstâncias, sou obrigada a levantar a voz. Não abriram um inquérito policial contra ele!, grito. Ele não foi julgado no tribunal e ninguém arruinou o futuro desse menino. Ele foi suspenso da escola, só isso. Já foi, você não sabe exatamente o que aconteceu e nunca saberá. Denis foi suspenso da escola por três semanas e decidiu não voltar, e, se ele quer destruir a própria vida, o problema é dele, a responsabilidade

é dele. Isso não tem nada a ver com você, deixe para lá! Estou realmente gritando, isso acontece também, mas então lhe afago a cabeça mais uma vez e falo olhando nos olhos dela, e assim continuamos. Ela está quase tão alta quanto eu, ficou alta de repente, da noite para o dia, e a nova altura engana nós duas. De vez em quando, se atira nos estudos e em atividades, quieta e ocupada, e então de repente se aproxima, abre os braços para um abraço e se agarra a mim. Ou relaxa na frente da televisão, olhando para a tela, e eu tenho que gritar repetidas vezes o nome dela até que responda. Ou entra no meu quarto e se deita a meu lado com um livro na mão ou com fones de ouvido, sem falar nada. Eu a conheço, ninguém a conhece melhor do que eu, minha proximidade é necessária para Lea juntar forças e seguir em frente, mas então, de repente, ela fala num tom de voz seco, em um instante minha influência tranquilizante desaparece e ela está tempestuosa novamente. Eu menti, mamãe, diz, eles me perguntaram e eu menti. Então ela declara que irá à conselheira e admitirá tudo. Que irá ao diretor e contará a ele. Que precisa fazer aquilo, que precisa contar a alguém. Denis não fez nada para Arza, diz, ele não a assediou. Arza inventou aquilo, e ela, Lea, a apoiou, e por isso merece ser punida. Ela merece ser punida. Ela tem que contar, repete, e contará.
"Então conte", digo.
"Eu vou contar."
"Vamos", insisto, "conte. Aqui está o telefone, ligue agora, ligue para o mundo inteiro".
"Eu vou contar", repete ela.
Mas ela sempre diz isso só para mim, sempre quando estamos só nós duas em casa, sem Meír, para que eu possa impedi-la. Para que eu tente, primeiro com sarcasmo, depois com suavidade, daí com força, agarrando forte o seu braço e gritando: chega, Lea, chega! Você não é responsável por

isso. Eles perguntaram e você respondeu. Você apoiou uma amiga. Fez o que pensou ser o certo, e eu, no seu lugar, faria exatamente a mesma coisa. Você se lembra de como esse menino tratou você mal? Ele magoou você. Ele foi cruel com você. Disse coisas horríveis, humilhou você na frente de todos. E foi suspenso porque tinha que ser suspenso, se não foi por causa da Arza, então pelo que fez a você, e é isso o que importa. Por isso, você não vai procurar ninguém e não vai falar com ninguém nem trazer isso tudo à tona. Acabou, entendeu? Você entendeu? Às vezes eu ainda digo a ela, quer saber? Você não acredita em Arza, mas eu acredito nela. Você não é o centro do universo. Nem tudo gira a seu redor, nem tudo é seu e está sob seu controle. Você não sabe de tudo. Como poderia saber? Entenda seu lugar no mundo, Lea. Isso não é seu. Esqueça o assunto. Siga em frente.

Quando a dúvida desperta em mim, encontro um jeito de consultar as pastas dos alunos na secretaria da escola. É ainda mais fácil do que eu poderia esperar: a secretária fica muito grata quando me ofereço para ir à tarde e ajudar a imprimir partituras para a festa de Purim. Assim que ela vai embora, vasculho sua mesa e encontro na gaveta de cima, ao lado de um hidratante para as mãos e balas de hortelã, as chaves do arquivo. Uma professora escreveu muitas páginas sobre Denis, não tenho tempo para ler tudo — prometi à secretária ir embora antes do fim do turno do pessoal da limpeza —, mas nota-se que esse garoto a mantinha muito ocupada. Outros professores mencionaram problemas no convívio social. Isola-se nos intervalos. Lê muito, mas também se envolve em brigas. No relatório da nona série, há anotações de uma conselheira escolar sobre "Temperamento explosivo" e "Problemas no controle da raiva", e, em destaque, com tinta vermelha, um registro de uma briga entre ele e um colega de turma que terminou com uma das mãos do outro aluno quebrada e uma suspensão de três dias para Denis. Tudo isso já tinha acontecido um ano antes, na nona série, quando Lea estava apaixonada por ele e voltava da escola com os olhos brilhando, o coração aberto como um girassol voltado para a luz. Ele é tão fofo, mamãe. Não tem como descrever a fofura dele. Estremeço quando me lembro da melodia que a voz dela assumia, de como o tom subia ao falar dele. Como é que ela não me contou sobre essa suspensão? Com certeza, deve ter sabido da briga e sentido a falta dele durante aqueles dias. Com certeza, se preocupou com ele. Talvez tivesse com vergonha de me contar.

Quero saber dos pais de Denis. Quero saber do que eles são capazes, quanto de influência têm. Soube que a bela mãe é de Moscou, enquanto o pai, que eu tinha visto na reunião na escola, na verdade não é o pai, mas o irmão da mãe. O pai está na Rússia, e a conexão entre Denis e ele se resume a uma troca infrequente de correspondências. Acho que tudo faz sentido. Um menino assim pode enfrentar desafios e, lógico, se tornar ele mesmo um desafio. Que bom para todos que Denis foi afastado, e melhor ainda que decidiu não voltar. Pena que chegou a esse ponto, penso eu, mas é isso.

Só ameacei Lea uma vez. Eu realmente a assustei. Falei baixinho, com moderação: muito bem, faça como quiser. Se você quiser contar, conte. Vá ao diretor, confesse que mentiu. Eu vou apoiar você, não importa o que acontecer, vou ajudar você a sair dessa.

Eu a conhecia, sabia muito bem o que estava fazendo.

"O que vai acontecer comigo?", perguntou ela.

"Não sei." Eu me aproximei. Sentei-me perto dela na cama. "Você sabe o que é falso testemunho? Você sabe o que pode acontecer se você for agora ao diretor? Você difamou o Denis, entende isso? Você compreende o que isso significa? Me diga que compreende, é só isso que preciso saber."

"Mas eu vou salvá-lo", argumentou ela. "Você não vê o que está acontecendo? Eu provoquei isso, eu menti, e vou consertar a situação."

Minha voz permaneceu muito calma e fria. Abaixo de zero. "Esse garoto deixou você infeliz", declarei. "Ele se comportou de forma cruel com você. Ele estava sempre arranjando encrencas, e agora você sabe direitinho quem ele é, do que ele é feito. Veja só o que aconteceu, a rapidez com que ele atingiu o fundo do poço. Você não vai salvá-lo dele mesmo, mas, se for confessar agora, pode causar um dano imenso a si própria. Contanto que você entenda isso, está tudo bem. Se está se sentindo obrigada a fazer isso, vá em frente. Seja o que for, vamos enfrentar e superar."

"E você?", perguntou ela. "Se eu confessar, você vai me perdoar?"

Não respondi. Só me levantei e saí do quarto dela.

Eu esperei. Nos primeiros dias, pensei nisso a cada minuto, guardei tudo para mim mesma, é difícil de explicar. Como uma criminosa à espera de ser pega. E fiz muitos pactos comigo mesma: se esta semana correr bem, se a próxima semana... Prometi coisas que depois esqueci, fiz pouco caso delas. Acontece. Esquecemos a intensidade da nossa intenção. O telefone tocava de manhã e eu pensava, que não seja da escola. Que não seja Lea. Entretanto, conforme os dias passaram, não fiquei mais grata, apenas mais irritada. Eu estava com raiva de Lea. Ela colocou minha filha em perigo. Lea colocou Lea em perigo. Podia parecer que eu estava perturbada, mas me tornei mais perspicaz. Vi tudo com muita nitidez. O fato de ela ter cogitado falar. De ter cogitado se prejudicar dessa maneira. E para quem? Para quê? E à tarde ou à noite, quando Lea voltava para casa, eu procurava por indícios. Ela contou para alguém? Procurou o diretor? A conselheira? Confiou em alguém? Investiguei sem lhe fazer perguntas, apenas a partir do que pude ver ou entender sozinha. E assim os dias foram passando. Um após outro.

Foi nessa época que minha mãe começou a ter problemas auditivos. Foram necessários vários exames, e minha mãe, que em todos os anos como enfermeira tratou os médicos com muito carinho e uma subserviência que eu não suportava, de repente cansou-se deles. Havia ali uma longa história cujos detalhes eu não conhecia, ressentimento ou angústia acumulados em algum lugar e em algum momento e que então estouraram, e, para acalmá-la, tive que acompanhá-la em todos os exames. A cada uma ou duas semanas, saía do estúdio mais cedo para buscá-la e íamos a algum instituto ou a uma clínica, onde aguardávamos juntas na sala de espera, tomando café das máquinas. Conversávamos, folheávamos revistas antigas e mostrávamos, uma à outra, reportagens. Matávamos o tempo. Foi uma parceria boa, estávamos mais próximas do que o habitual, como se a possibilidade de um relacionamento ainda existisse. E me lembro que quis contar a ela, que pensei, vou contar a ela, é isso, preciso apenas do momento certo para começar e a partir disso vou em frente. Mas não contei. No fim das contas, e isso é um fato, eu não contei. Talvez no momento oportuno ela tenha se levantado para se servir de um copo de água ou se virado para a pilha de jornais, e a oportunidade desapareceu. Não consegui cruzar o limiar. E, no caminho de volta para casa, conversávamos sobre o que o médico tinha dito e o que seria necessário fazer em seguida.

Aquele foi um dia longo. Havia engarrafamentos terríveis no caminho de volta, e, quando a luz do combustível se acendeu, parei no primeiro posto que apareceu. Ali também havia fila, e minha mãe suspirou de um jeito que deixou transparecer sua angústia. Depois de cada exame, ela ficava impaciente e muito cansada. Havia um segundo posto não muito longe, logo à frente na avenida, e tentei sair, mas um carro já estava parado atrás de nós e ficamos presas. Esperamos mais alguns minutos até poder avançar, e eu segui devagar para as bombas. Quando me virei para pegar a carteira na bolsa no banco de trás, eu o vi. No começo não tive certeza, mas meu coração já batia mais forte com o reconhecimento. Ele estava lá com uniforme de frentista, conversando com uma idosa pela janela do carro dela. Ainda era bonito, mas estava desbotado, sem cor. Ele conversou com a mulher no carro, apontou para algo que eu não podia ver e, de repente, levantou a cabeça e olhou direto na minha direção. O fato de ele ter levantado a cabeça e me achado sem nem me procurar, como se esperasse por mim — havia isso também, percebo agora... É como quando odiamos alguém e esperamos que a pessoa surja no nosso caminho. Ele não desviou o olhar de mim. Aproximou-se de nós e eu abri a janela, e, se minha mãe não estivesse lá, eu teria olhado de volta para ele, nós teríamos encarado um ao outro, mas virei a cabeça. E se ele me disser alguma coisa, qualquer coisa? Falei: "Tanque cheio, por favor", então lhe entreguei o cartão de crédito. Ele estudou o cartão, leu o nome e voltou a olhar para mim. Acompanhei os seus movimentos pelo retrovisor lateral, tudo que fez e como fez. Ele retornou com o cartão e o recibo e continuou me encarando, ninguém nunca havia me observado assim. Preenchi os dados, entreguei-lhe o comprovante e fechei a janela. Só então, através do vidro, ele encostou em mim. Com apenas a ponta do dedo, ele tocou o para-brisa. Olhei para minha mãe. As pálpebras estavam caídas, ela cochilava. Senti as batidas do meu coração desenfreadas nos ouvidos enquanto ia embora dali.

54

De repente, me lembro de uma garota que eu tinha esquecido. Quando eu estava na sexta série, uma menina do nosso ano morreu em um acidente de carro. Ela permaneceu hospitalizada por duas semanas, depois morreu devido aos ferimentos. Talvez haja um nome para isso, para uma morte prolongada. De todo modo, num momento ela existia, no seguinte deixou de existir. Fomos informados do falecimento durante a aula de história, no meio da invasão da Normandia e dos milhares de mortos que a ela se seguiram, e a morte única de uma garota que conhecíamos cruzou de repente os limites da consciência de uma vez só. Havia algo de transcendental, algo que não depende da realidade e está além dela. Muitos de nós explodimos em lágrimas. Foi contagioso, e eu chorei também. Depois, andamos agitados pelos corredores da escola — lá fora estava muito frio e chuvoso — e havia a sensação de termos sido de alguma forma escolhidos, por algo que não sabíamos, porém com isso nos tornamos mais importantes do que éramos antes. Fomos à shivá em grupos de cinco ou seis, compenetrados, mas foi ali que as coisas mudaram, nossa colega não era mais nossa, o luto dos pais era impenetrável.

55

Dois dias depois que o vi no posto de gasolina, Denis despencou de motocicleta no abismo das curvas da entrada de Jerusalém. Um veículo especial de resgate passou horas manobrando cabos até chegar ao uádi e recuperar o que poderia ser recuperado. O engarrafamento se estendeu até Sháar Hagái. Ouvi isso no noticiário noturno. "O nome da vítima foi divulgado..."
Quando finalmente entrei no quarto de Lea, vi minha filha sentada à escrivaninha, ocupada com as coisas dela.
"Lêike..."
Ela se virou para mim com uma expressão que eu não esperava em absoluto. Falou: "Eu ouvi." Então continuou: "Tenho uma prova de história importante amanhã, ok? Me chame quando for para jantar." E voltou a olhar para o caderno.

Não falamos mais sobre isso.
Lea foi à casa de Denis para a shivá. Eu sabia que ela tinha ido, vi isso no rosto dela quando voltou para casa. Imagino que estava com medo de ir, mas talvez a culpa fosse tão grande que se sobrepôs ao medo, ou Lea ainda desejava uma punição. Contudo, imagino que ninguém se dirigiu a ela lá. Ela era mais uma garota em meio aos adolescentes que visitaram a casa dos enlutados e perceberam que o luto da mãe e do tio estava tão intransponível para eles quanto a morte do próprio Denis.

As especulações aumentaram. Elas sempre aumentam. Disseram que ele estava drogado ou bêbado. Que na noite anterior contara ao garoto com quem fumara na praça dos gatos que estava pensando em se tornar religioso. Contaram que uma testemunha ocular disse à polícia que Denis estava em alta velocidade na estrada — acelerando como um louco — e de repente voou com a motocicleta para o céu e caiu como um meteoro.

Nos dias e semanas que se seguem, ela fica no quarto por horas a fio quando volta da escola. Desde o momento em que chega em casa, passa o tempo à mesa, estudando ou ouvindo música nos fones de ouvido. Tira notas excelentes, como sempre, e os professores ficam maravilhados, sem dúvida. Não sei o que aconteceu com o grupo de amigos dela, e, em todo caso, o nome de Arza não é mais citado. Às vezes, ela fala ao telefone com uma colega chamada Michaela, ouço o nome repetidas vezes, mas Lea nunca vai à casa de Michaela e Michaela não vem à nossa. Na verdade, nenhum dos amigos de minha filha vem mais. Quando eu lhe pergunto sobre isso, ela não deixa transparecer nada. Nenhum motivo específico. Não reparei. Ela me deixa abraçá-la e beijá-la como outrora. Chora baixinho às vezes, e, quando lhe acaricio a testa, se aconchega em mim. Nós sobrevivemos àquilo.

O humor de Lea, que antes do ocorrido tendia a piorar com facilidade, se estabilizou. Ela não guarda rancor de mim e não sente raiva. Não me interrompe quando estou falando.

Na época em que começa na escola a primeira rodada de alistamento militar, ela apenas informa a Meír e a mim que não vai se alistar. Vai falar com o psiquiatra do Exército, pegar a dispensa e viajar. Eu me admiro por Meír não se opor a isso, e, quando exijo que ele fale com ela, meu marido diz: deixe-a. Ele diz: essa garota precisa de espaço. Ela vai viajar e vai se recuperar.

Vai se recuperar? Vai se recuperar de quê?

Deixe-a em paz, Yoela, repete Meír, e a voz dele é dura. E então, dessa vez, com suavidade, ele diz, Yoli, deixe para lá.

Após a morte de Meír, depois da shivá e completado o trigésimo dia de luto, na noite antes de ela partir de novo, nós duas nos sentamos à mesa de jantar. Todos os anos, ela quis que nos sentássemos juntos para comer, que Meír também se sentasse com a gente; ela queria jantares de sexta--feira em família, e nós tentávamos, nos sentávamos à mesa, mas não entendíamos como produzir um volume. Talvez três seja muito pouco para uma família. Meír deixava a televisão ligada ao fundo. "É o programa de sexta-feira." Ele, porém, não demonstrava interesse pelas notícias, comíamos rápido e ríamos quando nos levantávamos, conversávamos enquanto estávamos nos dispersando. Nas famílias pequenas, basta que um se cale para estragar tudo.

Preparei omeletes e salada para nós. Chá de ervas num bule. Torradas do pão que ela amava. Meír estava morto havia cinco semanas, trinta e cinco dias se passaram desde o funeral, os dias que congelaram no limbo voltaram a fluir. Meír estava morto. Lea entendeu perfeitamente, talvez mais rápido que eu. Só restamos nós duas.

Durante aquelas semanas, ela saiu muito pouco de casa. Duas ou três vezes visitou minha mãe, uma vez se encontrou com Yochái para almoçar e outra foi ao centro da cidade resolver algumas coisas. Quando eu entrava no quarto dela, esperava encontrar uma ou outra coisa guardada nos armários, mas ela apenas empilhava tudo na cadeira. Em cima da mala. No chão. E voltou a ler. Sempre havia um livro ou dois na cama ou ao lado dela.

Perguntei-lhe se queria mais chá. Chega de açúcar? Ela sorriu suavemente. Foi terna comigo. Ela falou o mínimo possível durante aquela época. Passado um tempo, achei que era para me proteger.

Eu lhe disse: "Sinto muito."
Ela ficou me olhando.

"Eu não sabia como", falei. "Eu não soube como ajudar você."

Ela olhou para mim por mais um tempo e levou a xícara aos lábios de novo, e eu pensei, ela entende o que eu disse, ela entende.

"Você fez as malas?", perguntei rapidamente. "Quer que eu ajude a fazer as malas?"

"Obrigada", respondeu, "está tudo bem". Ela sempre foi uma menina gentil, uma jovem gentil. "Está tudo bem, mamãe."

Bem cedo na manhã seguinte, levei-a ao aeroporto. Na vez seguinte que a vi, minha filha já tinha 28 anos e eu estava do outro lado da rua, parada diante da janela da sua casa em Groningen.

56

Estamos sentados no carro, Meír ao volante, eu no banco do carona e nossa filha, cheia de vida, atrás. Ligo o rádio e paro numa estação com uma música animada que nos contagia e todos cantarolamos alegremente, errando juntos a letra. Apoio a mão carinhosamente na coxa de Meír e sorrio para Lea, que pisca para mim pelo espelho retrovisor. A boca de minha filha não está afundada no rosto, e de fato não consigo imaginar nada que estrague a beleza dela.

"Vou contar uma piada para vocês", diz Lea. Ela tem 10 anos e recentemente se tornou fã de piadas. "Dois caçadores estão vagando pela floresta e de repente... um deles cai. *Bum, pá*, ele desmaia. O outro caçador na mesma hora usa o celular para chamar uma ambulância: 'Socorro! Meu amigo desmaiou e morreu! O que devo fazer?' A atendente da central responde: 'Acalme-se, respire fundo, eu posso ajudar. Primeiro você precisa se certificar de que ele está morto.' Há um breve silêncio, e então ouve-se um tiro. O caçador volta ao telefone e diz: 'Certo, e agora?'"

Meír e eu rimos.

Achamos muito engraçado.

Nossa filha, atrás, está radiante.

Eu vejo todas as maneiras estranhas com as quais mães preparam as filhas para a vida, e sempre há tristeza nisso. Minha mãe não me contou, não perguntou nem explicou, mas ela agiu, não deixou as coisas por conta do acaso, e eu também não.

Lembro-me de encontrá-la na minha cama no meio do dia. Voltava para casa e minha mãe estava lá, dormindo depois de ter trabalhado num turno da noite. Lembro-me de uma vez que ela se deitou na minha cama depois que adormeci, e quando acordei ela disse, shhh, shhh, durma.

Lembro-me disso, isso de fato aconteceu, contudo, ainda assim, eu gostaria que houvesse mais alguém a quem consultar para eliminar dúvidas.

Lembro-me de tudo que revelei sobre Lea. Sei o que eu quis dizer. Isso também é importante, entender o que aconteceu e ser capaz de explicar e descrever as coisas em si, sem o trabalho que a memória sempre exerce. Preocupam-me, porém, as coisas às quais não tenho acesso, que talvez puxem o tapete de minhas histórias; o que me escapa, os milhares de dias que se fundiram na minha cabeça sem autorização, toda a massa cinzenta. Afinal, houve noite após noite e dia após dia. Houve milhares de despertares. As tarefas. As refeições. As compras. Houve milhares de horas de conversa. No entanto, só raramente algo desponta, afasta-se do restante, fica na frente e se torna mais nítido.

Depois que meu pai morreu, fiquei triste por ele, porque me ocorreu que ele nunca ocupou o espaço. Ele costumava dormir deitado de barriga para cima, as mãos ao lado do corpo, e se surpreendia sempre que eu lhe pedia opinião sobre qualquer assunto que fosse. Ele dizia, não precisa, não há necessidade. Não estou com sede, já comi. Ele sempre dizia, venha, sente-se no meu lugar. É lógico que eu sabia que ele era matemático, mas não entendia direito o que fez todos os anos na sala que ocupava na universidade, e só depois que morreu me dei conta de como era estranho que ele não tivesse alunos nem obrigações quanto a aulas de qualquer tipo. Quando perguntei à minha mãe sobre isso, ela disse, não deu certo, deixaram-no por conta própria. E só então me ocorreu que eu deveria sentir pena também dela. Quer dizer, ser amada por uma pessoa como ele? Ela estava sozinha.

Não tivemos muitos visitantes durante a shivá. Minha mãe ficou comovida com os médicos que vieram, e diante deles se sentou mais ereta no sofá. As colegas de trabalho dela, enfermeiras do departamento de medicina interna, todas se alistaram para ajudar. Elas cuidaram da água quente para chá e café, dos refrescos, das cadeiras. Todos os vizinhos vieram. Meus colegas de classe vieram, e também a professora responsável pela turma e a conselheira. Foi estranho vê-las fora da escola, no nosso sofá, em nossa casa, como se algo que elas tinham o cuidado de esconder sobre si mesmas agora fosse revelado e eu, forçada a olhar. Eu me senti confusa, presa entre os mundos, como se tivesse acordado no meio de uma festa após uma crise de sonambulismo.

A médica amiga de minha mãe nos visitou logo após o funeral. Eu estava no meu quarto com algumas das meninas de minha turma e ela entrou e falou como estava profundamente arraigada em nossa vida. "Conheço essa fofa desde que ela nasceu", disse a todas que estavam no quarto, e na manhã seguinte voltou para ajudar a arrumar a casa para os que vinham nos prestar condolências. Ela abriu caixas de itens de padaria, arrumou cadeiras e bandejas. "O único trabalho que vocês têm é ficar sentadas", disse para a minha mãe e para mim. Ela não teve filhos, mas tinha um coelho, e, um mês depois da morte do meu pai, me perguntou se eu podia ir alimentá-lo enquanto ela estivesse no exterior por uma semana em Pessach. Apenas duas vezes por dia, explicou, e me pediu que o soltasse um pouco da gaiola todas as vezes que eu fosse, para que ele passeasse pela casa. Ela tinha uma televisão nova e um videocassete, iria me explicar direitinho como ligar tudo, e eu poderia ficar na casa e aproveitar. "O que você acha, Ester?", perguntou à minha mãe. "Ela vai estar sem aulas, a garota terá alguma ocupação." E ela se virou para mim de novo, insistente: "Você vai ter uma casa somente para você, pode bisbilhotar tudo." E então riu alto.

Durante uma semana inteira, fui à casa da amiga de minha mãe todas as manhãs e todas as noites. Enchi a tigela de comida do coelho e o deixei andar pelos cômodos, tentando atraí-lo para o sofá e para o meu colo. Com o dinheiro que ganharia, planejei comprar brincos pendentes de ouro que tinha visto numa loja na cidade. A médica voltou do exterior com sua típica risada alta e me trouxe uma enorme e chique caixa de chocolates, embrulhada com um laço. Ela disse: "Estou lhe dando um presente de agradecimento. Muito obrigada, querida. Se divertiu na minha casa? Você teve um pouco de paz e sossego longe da mamãe?" Esperei ainda mais alguns instantes, até perceber que ela não tinha intenção de me pagar. "Você é uma boa menina", disse ela, "uma boa filha para uma boa mulher".

Em casa, mostrei à minha mãe a caixa chique de chocolates. Eu me lembro que ela disse imediatamente, sem hesitação: "Encantador da parte dela."

L eio sobre Elaine e Cordélia anos antes de Lea existir e decido que não as esquecerei. Só recentemente consegui escapar da minha juventude; tive problemas, mas consegui vencê-los, e agora a história de Elaine pode me contar sobre mim mesma. O que realmente aconteceu. Decido que sempre me lembrarei de Elaine e Cordélia e saberei do que me precaver. Eu não penso na filha que terei, talvez não me ocorra querer isso, talvez até tenha dito a uma ou outra pessoa, nem todos precisam ter filhos, não tenho intenção alguma de ter filhos.

Elaine e Cordélia estão pegando o *bonde* para a cidade. A escritora não descreve os sorrisos de Cordélia e o que ela sabe conseguir com eles. Parece que sorrisos ainda não se tornaram uma arma para ela, mas quanto ao olhar — Cordélia *pode constranger qualquer um com o olhar*, e Elaine é quase tão boa nisso como ela. Elas têm 13 anos, e, com o passar do tempo, eu acho, pareceria a Elaine que elas não sabiam muito sobre o amor mesmo sabendo o bastante. Elas têm as *bocas firmes, pintadas de vermelho, brilhantes como unhas vermelhas*, lembra-se ela. *Achamos que somos amigas.*

Um dia depois que o vi no posto de gasolina, cheguei em casa mais cedo do que o habitual. Fui para o estúdio de manhã, mas, com enxaqueca, voltei uma hora depois. Eu queria descansar em casa. O telefone tocou na sala, o fixo, quase me esqueci dessa possibilidade. Quem liga para a casa das pessoas hoje em dia? Ninguém telefona para as pessoas em casa, não durante o dia. Quem é que está ligando? O toque reverberou intrusivo em meus ouvidos. Destrutivo.

"Alô?"

E eu soube imediatamente que era ele. Eu sabia. E ele disse: "Ela mentiu." Falou que minha filha tinha mentido e eu sabia que ela era uma mentirosa, e que ele tinha implorado a Lea que se retratasse, mas ela lhe disse, minha mãe não deixa. Ele disse que minha filha e a amiga dela arruinaram a vida dele. "Sua filha", disse. Mas ele não falou o nome dela nem uma vez. "Sua filha e a amiga dela", disse assim. Arruinaram a vida dele. Aí falou que a única coisa que o deixa feliz, de verdade, só isso, era que nunca mais teria que ver qualquer uma de nós novamente.

57

"Lea ligou", digo a Art. "Ela chegará a Israel depois de amanhã com as meninas. Eu vou vê-las."

Art sabe — a expressão dele diz com todas as letras —, ele sabe que eu sei disso há muitos dias, e deveria ter lhe contado imediatamente. Por que não contei? Apesar disso, ele não pergunta, não há nada a perguntar.

Ele diz: "Você está bem?"

Estou assustada, mas também quero isso mais do que tudo.

"Vou ficar bem", afirmo, "sim".

Explico ao dr. Schonfeler que a doença atrai o paciente. É uma colaboração, uma parceria.

Ele parece interessado. Explique mais, diz.

Pense em uma rocha arrancada por uma bomba enorme, oriento.

Certo.

Agora imagine um frasco que você está tentando abrir. Não basta recorrer à força. É importante também ser preciso. Mas, se você o abriu uma vez, nas próximas vezes é fácil.

Eu entendo, comenta ele.

Uma vez que a janela da doença se abre, ela não pode ser fechada de novo. Não de verdade, não por completo. E a pessoa aprende a esconder isso, esse é o principal trabalho da doença. Essa janela talvez nunca mais seja aberta, mas a possibilidade está sempre lá. A possibilidade é uma doença em si. A partir de agora, você está sempre verificando. Você se aproxima da janela, leva a mão às dobradiças. Você procura qualquer indício de rajada de vento. Você não está doente, mas está à espera da doença. É provável que em toda a sua vida nada igual ou semelhante a isso aconteça com você de novo, e, ainda assim, continua acontecendo o tempo todo. Esta é uma vida à beira do abismo. A alma ficou emaranhada, e mesmo que você solte todos os nós, libere tudo, nada vai liberá-lo de ficar esperando.

A casa está sempre arrumada e limpa, mas agora olho para ela com outros olhos, como fazia quando minha mãe vinha fazer uma visita e eu sabia que ela repararia em cada detalhe, e, de repente, também reparo em tudo. E isso é mais um erro, porque tenho que voltar para uma versão muito anterior de mim mesma, recorrer ao olhar da menina que fui. O que minhas netas verão quando chegarem? O que elas sabem sobre mim, o que elas pensam e o que a mãe delas lhes contou? Elas sabem um pouco de hebraico e um pouco de inglês. Holandês. Mas elas são duas, e isso vai ajudar. Elas vão lembrar uma à outra. Dentro de alguns anos, poderão perguntar uma à outra, você se lembra disso? Isso aconteceu? Juntarão forças para resolver as contradições.

Quando minhas netas chegarem, quero que sintam que a casa é leve. No quarto, troco a roupa de cama; no banheiro, troco a cabeça das escovas de dentes elétricas de Art e da minha e todas as toalhas. Na gaveta do banheiro fica a minha escova de cabelo, o cabo pesado é feito de madrepérola e as cerdas são de ferro, uma escova que não é inocente nem limpa, e a qual, agora que a estudo, me preocupa. Quando criança, de vez em quando eu encontrava em nossa casa pedaços de unhas aparadas ou roupa suja no chão do banheiro, ou o armário de remédios com a porta aberta. Deparar-se com o cabelo da avó enrolado entre cerdas de ferro pode ser perturbador, qualquer coisa que indique o desgaste do corpo, envelhecimento e doença. Limpo bem a escova e a devolvo à gaveta, mas logo depois eu a tiro dali e a guardo num lugar completamente diferente, fora do alcance de qualquer um além de mim. Então me sento na sala e espero a casa se acomodar. Ouço um cachorro latindo e um ar-condicionado barulhento. Um aspirador de pó. Água pingando. Zumbido de lâmpadas. De onde vem tudo isso? Nas noites em que Art dorme comigo aqui, eu me esforço para localizar a origem de qualquer ruído. Da janela, ouço um pai na rua perguntando à filha: "Me explique por que você está chorando. Por quê? Por que você está chorando?" Ele não lhe dá tempo para responder. Cada conversa aleatória de pessoas que entra aqui em casa traz mais informações do que eu gostaria de saber. Apesar do calor, eu me levanto e fecho as janelas.

Agradecimentos

Para T., da Groningen real — que passeou comigo na Groningen que está na minha cabeça.

Para Tami, Lilo e Rucha, minhas três primeiras leitoras, uma equipe dos sonhos.

Para Ig'al, meu maravilhoso professor, alma gêmea, fenômeno.

Para mamãe e papai, por onde começar, por tudo.

Para Guil'ad, meu namorado há vinte e três anos, bonito e cavalheiro, meu eleito do coração e o melhor da minha juventude no meio da minha vida.

Nota da autora e referências

Ao escrever Yoela, personagem fictícia, confiei a ela minhas próprias leituras. Gostaria de expressar minha profunda gratidão, como leitora, aos escritores cujas obras surgem nos pensamentos de Yoela ao longo do romance, obras que moldaram profundamente minha consciência literária.

Margaret Atwood, *Olho de gato* (2007).
Anne Enright, *O encontro* (2008).
Anne-Sophie Brasme, *Respire* (2003).
Roddy Doyle. *The Woman Who Walked into Doors* (1996).
Jeanette Winterson, *Por que ser feliz quando se pode ser normal?* (2014).
Alice Munro, *Fugitiva* (2014) — principalmente o conto "Silêncio" — e *Felicidade demais* (2010).
Susan Sontag, *Sobre fotografia* (2004).
Elizabeth Straut, *Meu nome é Lucy Barton* (2016).
Heinz Frederick Peters, *My Sister, My Spouse: A Biography of Lou Andreas-Salomé* (1974).
Phyllis Chesler, *Women and Madness* (2005).
Erich Kastner, *Pünktchen und Anton* (1931).

- intrinseca.com.br
- @intrinseca
- editoraintrinseca
- @intrinseca
- @editoraintrinseca
- editoraintrinseca

1ª edição	OUTUBRO DE 2024
impressão	BARTIRA
papel de miolo	LUX CREAM 60 G/M^2
papel de capa	CARTÃO SUPREMO ALTA ALVURA 250G/M^2
tipografia	LEITURA NEWS